Isabel Rohner

TAUGENIXEN

Isabel Rohner

TAUGENIXEN

Kriminalroman

ULRIKE **HELMER** VERLAG

Printausgabe gedruckt auf säurefreiem,
alterungsbeständigem Werkdruckpapier
Printed in Germany

ISBN 978-3-89741-447-1

CRiMiNA ist ein Imprint des Ulrike Helmer Verlags, Roßdorf bei Darmstadt.

Covergestaltung: Atelier KatarinaS / NL
unter Verwendung des Fotos »Einsteigen, bitte!«,
© FemmeCurieuse / photocase.de
Druck und Bindung: cpi, Leck

www.ulrike-helmer-verlag.de

Starring

LINN KEGEL

Exil-Schweizerin und inzwischen Nicht-mehr-Jung-Autorin. Will ausspannen und verbringt ihren lang ersehnten Spanienurlaub ausgerechnet mit

BETTINA HEIDENREICH

nach 34 Semestern Kunstgeschichte (ohne Abschluss) nun Geschäftsführerin einer Künstleragentur, wobei sie andere für sich arbeiten lässt. Nicht ganz zufällig hat sie das Hotelchen gewählt von

PETRA ›PE‹ KNAUS

tadellose, aber schwäbische Inhaberin des Hostal de las Rocas. Nicht nur deswegen zusammen mit

GEORG ›SCHORSE‹ BAUMANN

hütet mehr als ein Geheimnis. Genauso wie

DAPHNE LEGRAND

die unfassbar sexy Köchin des Hostals und

VINZENT FISCHER

ein Betrüger, wie er im Buche steht. Passenderweise stirbt er einen Tod à la Agatha Christie nach einer heftigen Eifersuchtsszene mit

TOM BOIE
attraktiver junger Mann mit Schönheitsstudio. Schaut eventuell nicht nur auf die Finger von

FERNANDO CALATRAVA-SCHMITZ
deutsch-spanischer Weinhändler aus Wattenscheid. Eifersucht bringt ihn zur Weißglut, besonders diejenige seines Gatten

LEO SCHMITZ
glatzköpfiger Banker ohne Rückgrat, dafür mit Komplexen. Berät dauernd und ohne Unterbrechung, nicht nur

ROSI KREMER
sportliche Rentnerin auf der Suche nach der Ur-Weiblichkeit, genau wie

GERTRAUD DELLING
ehemaliger Schauspielstar und noch heute nicht ohne Allüren. Hat darum nicht wirklich einen Draht zu

LINN KEGEL
die nach dem Erfolg ihres Romans »Schöner morden« eigentlich einfach nur mal Urlaub machen will.

FERNER SPIELEN EINE ROLLE:

Mammi, Linn Kegels Mutter
Jo Hartmann, Linns Verleger
Loretta Coppelia, Autorin und Linns schärfste Konkurrentin
Xaver, Bettina Heidenreichs Freund, und dessen weit verzweigte Verwandtschaft
ein spanischer Taxifahrer
Aziz Mnembebo, Model und Schauspieler
Germany's next Male-Model

alles von Agatha Christie
einiges von Edgar Wallace
Howard Carpendale
Pink
Hazel Brugger, eine angesagte Schweizer Kabarettistin
Emil, ein Schweizer Kabarettist
Peach Weber, noch ein Schweizer Kabarettist
Friedrich Dürrenmatt, noch ein Schweizer
Friedrich Nietzsche
Rainer Maria Rilke
CSI, egal welche
Billy Wilders »Some like it hot«
Ralph Benatzkys »Im weißen Rössl am Wolfgangsee«
erfolgreiche Frauen wie Passmann, Kebekus, Fischer, Baydar, Hill,
eine US-Präsidentin und eine EU-Kommissionschefin
Hedwig Dohm, ohne sie geht's nicht

WICHTIGE REQUISITEN:

Financial Times
Brigitte, EditionF, Emma
ein grünes Gummikrokodil
Quark
Kerzenleuchter
Sonnenbrillen
ein rosa Jogging-Anzug
Kochlöffel und Kochtopf
ein langes scharfes Messer
ein Seidentuch
ein Turban
Handschuhe
eine Balkonbrüstung
weiße Farbe
jede Menge unglaublich kompliziert aussehende
Apparaturen mit blinkenden Knöpfen

ZU ESSEN GIBT'S:

Kürbissuppe oder Avocadosalat
Pasta mit frischem Thunfisch oder Schweinenackensteak mit Bratkartoffeln und jungen Speck-Bohnen
Crema Catalana oder Nusstorte
Müsli
Käsebrote
Mettbrötchen
Marmeladenbrötchen
Oliven

GETRUNKEN WIRD:

Cola
Bier
Rotwein
Weißwein
Kaffee
und viel zu viel Martini

DIE PROTAGONISTINNEN WERDEN EINGEKLEIDET VON:

C&A
»Schlaf sexy« – die Nachtmode für die Dame
»Schlaf männlich« – die Nachtmode für den Herrn
Guido Maria Kretschmer
Hermès
Leinenmode »King Hamlet«

MIT FREUNDLICHER UNTERSTÜTZUNG VOM:

Pflanzengroßmarkt
Vichi
Rossmann

Prolog

Die Dunkelheit breitete sich wie ein Samttuch über den Klippenweg. Die Nachtluft war lau. Nur eine leichte Brise wehte über die Anhöhe. Von weit unten donnerte die Brandung. Wellen schlugen in regelmäßigen Abständen gegen die Felsen.

Der Schatten unter der alten Pinie stand reglos da und wartete. Warten war schon immer eine seiner Stärken gewesen. Zeit spielte keine Rolle. Früher oder später würde sein Opfer kommen. Wie immer. Auf eine Zigarette am Meer. Oder auf einen schnellen Fick. Je nachdem. Ob der Rekord heute fiel? Fünf Minuten hatte es gestern gedauert, der Schatten hatte auf die Uhr gesehen. Dann war erst der eine wieder im Dunkeln verschwunden und nach weiteren zwei Minuten der andere. Geredet hatte keiner der beiden. Sie hatten sich aufeinander gestürzt wie junge Hunde, der Schatten hatte es genau beobachtet.

Das passte zu ihm! Aber was sollte es. Bald hätte dieser Mistkerl keine Gelegenheit mehr dazu. Denn schon sehr bald würde dieser Mann sterben. Vielleicht schon heute. Er hatte schon viel zu lang gelebt.

Der Schatten unter dem Baum zog ein Messer aus der Manteltasche und fuhr fast zärtlich mit dem Finger über die Klinge. Er konnte förmlich spüren, wie es sich anfühlen würde, wenn er ihm damit die Kehle durchschnitt. Konnte die weit aufgerissenen Augen sehen, die ihn im Moment seines Todes ansehen würden, mit diesem Blick, wie ihn Hühner haben, bevor man ihnen den Hals umdreht. In diesem Moment, wo selbst einem so primitiven Geschöpf klar wird, dass es keine Chance mehr hat.

Das Blut würde aus der Halsschlagader rinnen wie Wasser. Sein Herz würde ihn in den Tod pumpen. Der Schatten freute sich schon lange auf diesen Moment, er konnte es kaum erwarten, horchte gespannt auf jedes Geräusch.

Schritte näherten sich. Entspannte, lockere Schritte.

Er ahnte also wirklich nichts. Er fühlte sich sicher. Nun war es nur noch eine Frage der Zeit. Auf das Timing kam es an, auf nichts anderes.

Durch die Zweige der Pinie war er nun deutlich zu sehen. Er blieb auf der Anhöhe stehen. Für einen kurzen Moment flackerte sein Gesicht auf, als er sich eine Zigarette anzündete und einen langen Zug nahm.

Offensichtlich wartete er heute auf niemanden. Sonst hätte er sich bereits sein Sakko ausgezogen. Das hatte er bisher immer getan. Menschen waren Gewohnheitswesen. Und dieser Mann hasste Knitterfalten.

Der Schatten umklammerte den Griff des Messers fester. Wenn der Kerl heute auf niemanden wartete, dann wäre es soweit: Dann war heute die Nacht der Nächte.

Langsam und vorsichtig löste er sich von seinem Platz im Schutz der Pinie. Jedes Knacken würde ihn verraten. Behutsam setzte er einen Fuß vor den anderen. Die Anhöhe war jetzt nur noch wenige Schritte entfernt. Nur noch wenige Meter.

Der Mann stand fast in Reichweite, den Blick auf das nachtblaue Meer unter den Klippen gerichtet, blies er Rauchringe in Richtung Wasser.

Der Schatten näherte sich und hob das Messer. Das Mondlicht ließ die Klinge kurz aufblitzen, doch der Mann an der Klippe sah nicht, was in seinem Rücken geschah. Der Schatten holte aus. Dann hörte er Schritte.

Jemand kam auf die Anhöhe. Schnell ließ die Gestalt das Messer sinken und huschte genauso schnell wieder zu den Bäumen. Der Mann auf der Klippe war reglos geblieben. Er hatte sich nicht einmal umgedreht. Er hatte nichts bemerkt. Erst jetzt, als der zweite sich näherte und ihn mit einem kehligen »Hallo Fremder« begrüßte, fuhr er herum und zog eilig sein Sakko aus. »Endlich«, raunte er. Dann stürzten sich die beiden aufeinander und warfen sich ins Gras. Der Schatten konnte nichts mehr erkennen. Hörte nur das Stöhnen, Atmen und Keuchen.

Nach etwas mehr als fünf Minuten verließ erst der eine und nur wenige Augenblicke darauf der andere den Platz über den Klippen.

Ich kann warten, dachte die Gestalt im Schatten der Pinie. Es ist nur eine Frage der Zeit.

Die Klippe der Vergessenen

Die Taxitür wurde abrupt aufgestoßen, und füllige weiße Beine in Shorts und Riemchensandalen schwangen sich aus dem Auto. Der Rest des Körpers brauchte ein bisschen länger, bis auch er sich aus dem Fahrzeug hieven konnte, das auf einem Parkplatz oberhalb der Steilküste von Bermeo stand.

»Ein Bild für die Götter«, grinste Linn Kegel, als sie Bettina Heidenreich beim Aussteigen zusah. Diese hielt sich mit einer Hand an der Autotür, mit der anderen am Dach fest und holte noch einmal Schwung.

»Ja ja, für die Götter! Die Göttinnen können wohl gerade nicht.« Nun hob sie auch das Hinterteil aus dem Wagen.

»Schade, dass ich meine Kamera nicht dabei habe.«

»Ja, wirklich schade«, erwiderte Bettina pikiert und versuchte vergeblich, Ordnung in die Hexenhaare zu bringen. »Als ob ein Urlaub mit Kamera für mich ein Urlaub wäre! Es reicht, wenn andere mein barockes Elend sehen müssen. Ich muss das nicht auch noch. Mir reicht schon, dich vor der Nase zu haben. Die Idee, dass man nicht nur in die Höhe, sondern auch in die Breite wachsen kann, kam dir wohl nie?«

»Du übertreibst mal wieder hemmungslos«, versuchte Linn sie zu beschwichtigen, während der spanische Taxifahrer ihre Koffer und Taschen auf den Asphalt stellte.

»Du hast gut reden. Wenn du jetzt auch noch *Mehr Stolz, ihr Frauen* sagst«, knurrte Bettina, »fahre ich direkt wieder zurück.

Mir muss niemand sagen, dass diese Fettberge hier normal sind. Das sind sie nicht.«

»Na, dann nimm halt ab, wenn's dich stört.« Linn kannte die Macken von Bettina Heidenreich inzwischen zur Genüge. Man durfte ihnen nicht mehr Aufmerksamkeit schenken als unbedingt nötig. Mit einem »Gracias señor« verabschiedete sich Linn vom Fahrer und schnappte sich ihren Koffer.

»Das tu ich auch. Darauf kannst du einen lassen. In diesem Urlaub ist Trennkost angesagt. Und Sport.«

Linn musste sich Mühe geben, nicht laut loszulachen. »Als ob du in deinem Leben schon mal Sport gemacht hast!«

Die Barocke sah sie strafend an: »Aber natürlich. Ich war sogar mal Dritte bei den Bergisch Gladbacher Kreismeisterschaften.«

»Im Schnittchenschmieren?«

»Im Bodenturnen!«, rief Bettina Heidenreich empört. »Und jetzt halt die Klappe. Ich habe jedenfalls keine Lust, mit fünfzig Diabetes zu bekommen. Wir wissen ja, wohin das führen kann.«

»Bitte nicht!«, stöhnte Linn. »Diabetes schlägt aufs Gehirn und führt zu Mord und Totschlag. Ich habe keine Lust, wie die Pillerin zu enden!«

»Piller ist aber nur indirekt an den Folgen von Diabetes gestorben. Und das hatte ja auch sein Gutes. Jedenfalls für uns.«

Vor vier Jahren war Bettinas damalige Arbeitskollegin Gabriele Piller ermordet worden. Damals hatte Bettina noch als Assistentin im Bereich *Oper und Theater* der Kölner Künstleragentur *Ars Artis* gearbeitet und damit gehadert, ob sie ihr endlos langes Studium der Kunstgeschichte nicht vielleicht doch einmal abschließen sollte. Doch dann war sie in Pillers Nachfolge Bereichsleiterin geworden und schließlich sogar zur Geschäftsführerin aufgestiegen. Denn die Agenturchefin und ihre rechte Hand hatten sich bald darauf entschlossen, Deutschland den Rücken zu kehren und sich auf eine einsame Finca nach Mallorca abzusetzen. Bettina hatte vom Tod der ungeliebten Kollegin, die sie zärtlich »blöde Sumpfkuh« nannte, also durchaus profitiert. Mit der gut gehenden Agentur verdiente sie mehr als reichlich. Aber auch für Linn hatte der Mordfall sein Gutes: Zu der Zeit steckte sie in großen Schwierigkeiten mit ihrem Verlag, der nach dem Blitzerfolg ihres Erstlings *Weiberherz* endlich wieder ein Konzept sehen wollte. Verleger Jo Hartmann hatte ihr sogar ein Ultimatum gestellt: Wenn sie nicht innerhalb von drei Tagen eine neue Buchidee vorlegte, würde er sämtliche Verträge canceln. In einer Nacht- und Nebel-Aktion gelang es Linn, die neue Buchidee aus dem Mordfall Gabriele Piller zu entwickeln. Der Krimi *Schöner Morden* erschien sechs Monate darauf und ging durch die Decke. Immerhin fünf Wochen lang stand er auf der SPIEGEL-Bestsellerliste direkt hinter dem Alte-weiße-Männer-Buch von Sophie Passmann. Linns Zukunft als Autorin war damit mehr oder weniger gesichert.

»Pass auf, dass durch deine Sport- und Diätanfälle nicht auch deine Empathiefähigkeit abnimmt. Sonst bleibt da nichts mehr übrig.« Linn wischte sich den Schweiß von der Stirn. Jenseits des klimatisierten Taxis waren es auf dem Asphalt gefühlte sechzig Grad.

»Wer hat, der hat, Frau Bestseller. Und es geschieht der Pillerin ganz recht, dass wir durch sie haben. Wir haben lange genug unter ihr gelitten. Das nenne ich ausgleichende Gerechtigkeit.« Und nach einer kleinen Pause fügte Bettina irritiert hinzu: »Warum hat uns der Fahrer eigentlich nicht bis vors Hotel gebracht? Hier gibt es ja weit und breit gar nichts.«

»Liebe Frau Heidenreich, vielleicht könntest du das nächste Mal einfach mal zuhören – oder dich wenigstens umschauen. Siehst du hier etwa eine befahrbare Straße? Nein! Wir wohnen da drüben auf der kleinen Halbinsel, da kann man nicht mit dem Auto hin. Das hat der Taxifahrer doch gerade gesagt.« Linn zeigte in Richtung einer wild bewachsenen Klippe, einen knappen Kilometer vom Parkplatz entfernt.

»Mit dem ganzen Gepäck dauert das doch Stunden, bis wir da sind«, stöhnte Bettina. »Was ist das denn für ein Mist?«

Linn griff demonstrativ nach ihrem Koffer. »Erstens: Du wolltest doch Sport machen. Und zweitens: Wer hat denn das Hotel gebucht?«

»Das nächste Mal kannst du dich ja um alles kümmern, und ich leg mich bequem zurück. Da habe ich absolut nichts dagegen. Außerdem ist es ein *Hostal* und kein *Hotel*. Auf der Homepage stand auch, dass die nur ganz wenige Zimmer haben. Klein und schnuckelig.«

»Schnuckelig? Klingt in meinen Ohren echt schlimm ... Na, wenigstens weiß ich jetzt, warum das hier *Acantilado de las Olvidadas* heißt. Kein Wunder, es ist ganz schön abgelegen hier!«

Bettina warf einen lustlosen Blick auf ihr Reisegepäck. »Wenigstens sind wir am Meer. Und gleich werde ich mich mit einem Cocktail auf die Terrasse legen.«

Das Duo Kegel und Heidenreich schleppte sich und ihre Habe über den schmalen, staubigen Küstenweg, der vom Parkplatz auf die Halbinsel führte.

»Wie machen die das nur mit dem Essen und allem«, schnaufte Bettina schon nach wenigen Metern. »Auf dem Küstenweg kann ja noch nicht mal ein Smart fahren. Schleppen die alles täglich hier rüber?«

»Sieht so aus«, erwiderte Linn. Der Schweiß rann ihr aus allen Poren. »Wenn das meine Mutter sehen könnte. Die bekäme einen Schock, wenn sie wüsste, wo ich gelandet bin.«

»Sucht sie immer noch einen Mann für dich?«, fragte Bettina ungläubig.

Linn rollte mit den Augen und fuhr sich durch die roten Haare. »Kann ich dir sagen. Vor zwei Tagen hat sie mir noch mal viel Glück gewünscht: ›Chind, die meischtä Männer lernt ä Frau i dä Feriä kennä!‹ Aber ich glaube, in diesem Fall irrt sie sich. So einsam, wie das hier ist.«

»Na, hoffentlich auch! Männer können mir echt gestohlen bleiben. Ich will beim Sportmachen nicht auch noch Zuschauer haben. Und das eine Exemplar, das bei mir zu Hause faul auf dem Sofa rumhängt und meint, wenn es zum Fußballgucken einen Trainingsanzug anzieht, laufen die Spieler im Fernsehen schneller, reicht mir völlig.«

»Vielen Dank für dein Mitgefühl«, erwiderte Linn. »Und wer erklärt das meiner Mutter? ›Chind, du bisch jetzt denn vierädriißgi, jetzt sötsch aber mol vorwärts machä!‹«

Bettina musste grinsen. Aus ihrer Sicht war Schweizerdeutsch wie gemacht fürs Kabarett. Warum hatte das bislang nach Emil nur Hazel Brugger verstanden?

»Na, wir können ja mal schauen, wer im Hostal gleich so rumläuft! Vielleicht gibt es einen, der dich vor einem vierunddreißigsten Geburtstag als Single bewahren kann? Der Vorteil bei dieser geografischen Lage ist ja: Wenn man einmal dort ist, geht man da auch nicht mehr weg.«

Linn lachte kehlig: »Wenn das Hostal wirklich *schnuckelig* ist, wird mich da nichts halten.«

»Höchstens was Schuckeliges«, amüsierte sich Bettina, so gut es ihr Gepäck zuließ.

»Ach, halt doch die Klappe, Frau Heidenreich. Wir haben's gleich geschafft.«

Das Hostal de las Rocas war ein schönes altes Gebäude, umgeben von Pinien und ganzen Hecken aus violett blühenden Oleanderbüschen. Es war offensichtlich erst vor kurzem renoviert worden. Die Fassade leuchtete blendend weiß, und überhaupt machte es einen Eindruck wie frisch geputzt.

Kurz vor dem Eingang kamen ihnen zwei Händchen haltende ältere Männer mit Gepäck entgegen, die offensichtlich gerade abreisten.

»Touché!« Linn lachte zufrieden. »Wenn's mit dem Urlaub so weitergeht, wird meine Mutter arg enttäuscht sein.«

»Warum? Das waren gleich zwei Männer, die du hättest kennenlernen können«, feixte Bettina achselzuckend zurück. »Die sahen sehr nett aus.«

Sie schleppten sich und das ganze Gepäck weiter und betraten schließlich das Hotel. Der Empfangsraum war recht klein, aber angenehm kühl. Aufatmend ließen sie ihre Koffer und Taschen zu Boden fallen.

Hinter dem Rezeptionstresen stand eine adrette Frau Mitte vierzig, die die beiden sogleich merklich schwäbelnd begrüßte: »Herzlich willkommen im Hoschtal de las Rocas! Wenn das mal nicht die Frau Kegel und Frau Heidenreich sind! Ich bin Petra Knaus. Mir gehört das Hoschtal. Aber meine Freunde und alle Gäste nennen mich Pe.« Den Namen begleitete ein perlendes Lachen. »Ich hoffe, Sie hatten keine Schwierigkeiten, herzufinden. Der Weg über die Klippen ist ja für uns Deutsche durchaus etwas gewöhnungsbedürftig. Sie müssen sich mal vorstellen: Wir haben unseren ganzen Umzug über diesen kleinen Klippenweg gemacht!« Die Frau kicherte bei der Erinnerung daran. »Unsere Hausfee Daphne hat Ihr Zimmer gerade hergerichtet. Bitte schön: die Nummer zwölf im ersten Stock.«

Bettina und Linn sahen einander irritiert an. »Sorry, aber wir haben zwei Zimmer bestellt«, widersprach Linn.

Nun war auch die perfektionistische Dame an der Rezeption irritiert. »Auf meiner Liste hier steht aber nur eines.«

»Das ist mir wurst. Ich habe zwei reserviert. Zwei Zimmer, beide mit einem breiten Bett für ausgewachsene Frauen«, beharrte Bettina.

Petra Knaus schien für den Bruchteil einer Sekunde die Fassung zu verlieren. Wieder lachte sie perlend, doch nun mit einem scheppernden Unterton. »Das tut mir leid. Das kann dann wohl nur ein Fehler in unserer Computersoftware sein.« Nervös pochte sie mit ihrem Kuli auf den Tresen. »Aber wir haben leider nur noch dieses eine Zimmer frei.«

»Und was ist mit den beiden Männern, die gerade abgereist sind?«, fragte Linn.

»Zimmer zweiundzwanzig wird heute noch frisch gestrichen.«

»Was haben die beiden Jungs denn mit dem Zimmer gemacht?«, raunte Bettina.

Pe ging auf die Bemerkung nicht ein. »Wir nutzen die Vorsaison, um frisch zu renovieren. Darum sind im Moment nur vier Zimmer für Gäste frei. Drei auf der ersten Etage und eins auf der zweiten.«

»Vier von zweiundzwanzig?«, fragte Bettina ungläubig.

Pe lächelte verlegen. »Nein, nein. Vier von acht. Es macht sich nur besser, wenn die Nummern höher sind. Dann haben die Gäste das Gefühl, das Hostal wäre größer.«

»Clever. Hängen Sie doch noch eine Eins vorne dran, dann sind Sie knapp hinter Club Robinson«, schlug Linn vor.

Die Besitzerin des Hostals überhörte den Sarkasmus und zuckte mit den Schultern. »Ich hoffe, es bereitet Ihnen nicht zu große Unannehmlichkeiten. Es ist mir wirklich sehr unangenehm, aber wir haben tatsächlich nur noch das eine Zimmer.«

Die beiden musterten sich misstrauisch.

»Na super«, grummelte Bettina schließlich. »Ich hoffe, du schnarchst nicht.«

Linn rollte erneut mit den Augen. »Du hast wohl was gegen Duette.« An die Hotelbesitzerin gewandt, übersetzte sie: »Das heißt wohl soviel wie: Wir nehmen es.« Dann raunte sie Bettina zu: »Das hast du jetzt von deinem *Klein-und-schnuckelig*!«

»Da bin ich aber erleichtert«, strahlte die Perfektion an der Rezeption ihr vollendetes Perlweiß-Lächeln und fuhr in ihrem Begrüßungstext fort: »Dann wünsche ich Ihnen einen traumhaft erholsamen Aufenthalt bei uns! Frühstück gibt es von sieben bis zehn im Bistro oder auf der Terrasse. Abendessen ab neunzehn Uhr, wenn Sie möchten, auch vegan. Das müssten Sie nur vorher anmelden. Das Bistro ist in der ganzen Region bekannt und immer gut besucht.«

»Vegan? So tief werde ich nie sinken«, murmelte Bettina. »Höchstens mit Schinken oben drauf und mit Käse überbacken!«

»Oh, unsere Daphne ist eine fantastische Köchin, Sie werden schon sehen! Zum Meer gelangen Sie, wenn Sie dem Klippenpfad weiter folgen bis zum höchsten Punkt. Das ist der Acantilado, die große Klippe. Von dort geht eine Steintreppe bis runter in die Bucht von Las Olvidadas.«

»*Olvidadas*«, wiederholte Bettina versonnen. »Kommt sicher von Oliven.«

»Ha«, lachte Linn laut auf. »Und *Cerveza* von *Cervelat*!«

»Nein, nein«, lachte die Perfekte. »*Olvidadas* sind die Vergessenen. So nennt man in dieser Gegend die Wasserwesen.«

»Wasserwesen? Sie meinen Wasserfrauen, oder?«, fragte Linn nach. »*Olvidadas* ist doch weiblich.«

Pes Augen leuchteten dunkel. »Wissen Sie, hier im Norden von Spanien sind die Menschen abergläubisch. Sie glauben noch an Gespenster und so. Eine alte Sage in dieser Gegend erzählt, dass vor Jahrhunderten das Dorf in der Bucht nebenan von Piraten überfallen wurde. Die Männer wurden niedergemetzelt, die Frauen sollten verkauft werden. Dreizehn konnten entkommen, doch sie wurden verfolgt und auf diese Klippe getrieben. Am Ende hatten sie nur noch die Wahl zwischen Sklaventum und Tod. Fast so wie auf Sylt, da gibt es eine ähnliche Sage, nur ohne Nixen: *Lever duad üs Slaav!* sagt man dort.« Sie beugte sich vor, als sie fortfuhr: »Die Treppen zur Bucht existierten damals noch nicht. Darum haben sich die Frauen von der Klippe gestürzt und sind auf den Felsen aufgeschlagen oder im Meer ertrunken. Die Piraten haben aus Wut das Dorf angezündet und sind mit allen Wertsachen und den übrigen Frauen abgezogen. Doch dreizehn Tage später sind die Frauen aus dem Meer zurückgekehrt. Als Nixen. Oder eher: als Untote. Und dann haben sie sich an ihren Verfolgern gerächt. Furchtbar gerächt! Niemand hat überlebt.« Die Perfekte machte eine kurze Pause und atmete tief durch. Dann lachte sie schrill auf: »Aber das sind nur Märchen, keine Sorge!«

»Erzählst du schon wieder deine Schauergeschichte«, ein Schrank von Mann war plötzlich aus dem Hinterzimmer gekommen und stand nun ebenfalls hinter dem Tresen. Seine Haare waren raspelkurz, in seinem Stiernacken rollten sich zwei Speckfalten. »Mach unseren Gästen doch keine Angst. Es gibt hier keine Horror-Nixen.«

»Und wenn, würde mich das nicht stören«, meinte Bettina trocken. »Solange sie nur Männer umbringen.«

»Auch wieder wahr«, sagte der Mann und grinste breit.

»Und die Sage hat auch etwas Gutes«, ergänzte Pe. »Jeden Dreizehnten im Monat feiern die Frauen hier abends Feste, fast in jeder Bucht. Melusinenfest nennen sie es hier in der Gegend. Vielleicht wollen Sie da morgen mal vorbeischauen? Der Wetterbericht ist allerdings ziemlich schlecht.«

»O ja, tut das. Da kriegt ihr dann auch mit, wie schöne Sagen verhunzt werden können. Diese Feste haben eher was von Mondanbeten, ziemlich abgefahren. Aber schaut es euch selber an. Ich bin übrigens Georg Baumann. Ihr könnt Schorse zu mir sagen. Ich helfe meiner Pe bei dem Hostalchen. Klein, aber fein. Und wir sind sehr stolz darauf, dass es vor allem in der gleichgeschlechtlichen Community beliebt ist. Schön, dass ihr da seid!«

»Linn Kegel und Bettina Heidenreich«, erwiderte Linn. »Du kannst Linn Kegel und Bettina Heidenreich zu uns sagen. Und nein, wir sind kein Paar.«

Bettina kicherte und hauchte mit flirtigem Ton und gespieltem Augenaufschlag: »Mal schauen, was noch passiert. Tag, Schorse!«

Linn fuhr fort: »Wir lassen uns das Melusinenfest mal durch den Kopf gehen. Abgefahren klingt gar nicht so schlecht. Aber ich glaube, wir packen erst mal aus.«

»Tut das«, antwortete Schorse. »Kommt erst mal an.«

»Gute Idee«, erwiderte Bettina. »Ich habe noch so einiges vor.«

»Na, dann mal viel Spaß dabei«, sagte Schorse und zwinkerte Bettina zu.

Und Pe Knaus ergänzte: »Hier ist Ihr Schlüssel. Einen guten Aufenthalt in unserem kleinen Paradies!«

Zimmerchenbezug

Zimmer zwölf im ersten Stock des Hostals war winzig. Es bestand vornehmlich aus einem französischen Doppelbett mit zwei Nachttischchen und einem Schrank. Das alles stand so dicht gedrängt im Raum, dass vom Fußboden kaum mehr etwas zu sehen war. Und auch auf den kleinen Balkon mit Blick auf die Bucht passten gerade mal zwei Klappstühle.

»Ein Kasten Bier ginge hier nicht mehr rein. Hab ich ein Glück, dass ich eh abnehmen wollte«, grummelte Bettina und wuchtete ihr Gepäck aufs Bett.

»Huere Siech«, brummte Linn auf Schweizerdeutsch. »Ich hoffe, du tust es schnell. Dieses Bett ist ja eher symbolisch. Sowas ist für mich allein schon zu eng.«

»Das sind diese verfluchten mediterranen Betten für kleine Menschen – so kurz wie schmal. Nicht für hoch und breit gewachsene Alemanninnen und Germaninnen. Dat wird 'n Spaß. Na wenigstens einen Obstkorb haben sie uns hingestellt.«

»Wie bist du noch mal auf dieses Hostal gekommen? Im Zwergen-Katalog?« Linn zog ihre Strandsachen aus der Reisetasche und schmiss die Tasche danach unausgepackt in den Schrank. Sie wollte so schnell wie möglich schwimmen gehen.

»Quatsch. Das hat mir Aziz empfohlen.«

»Aziz? Aziz Mnembebo?« Linn erinnerte sich nur zu gut an das senegalesische Männer-Model, vor allem an den Vormittag im Ausländeramt, als sie tatsächlich für einige Augenblicke dachte, er könnte Gabriele Piller umgebracht haben. »Aziz macht hier Urlaub?«

»Tja, vielleicht wollte er mir damit heimzahlen, dass ich ihn bei *Germany's next Male-Model* angemeldet habe und er dann beim Casting rausgeflogen ist. Bruce Darnell in männlich wollten die wohl nicht in der Show.«

»Ja ja, hartes Business«, kommentierte Linn ironisch. Sie war auf den winzigkleinen Balkon getreten und ließ den Blick schweifen. »Wenigstens ist die Aussicht toll. Von hier kann man sogar den Leuchtturm von Bermeo sehen. Und die Bucht von Las Olvidadas. Sieht ganz nett aus, die Nixenbucht.«

»Jetzt muss nur noch das Essen gut sein.«

»Ich dachte, du planst FdH – schon wieder vergessen?«

»Auch das soll bitte schön gut sein. Hungern und auch noch Mist essen, das wär ja noch schlimmer.«

Kopfzerbrechen

Fernando Calatrava-Schmitz lag auf dem Bett in Zimmer vierzehn und dachte nach. Hinter seinen Schläfen pochte es heftig, der Migräneanfall war noch nicht vorüber. Noch einmal tauchte er den Waschlappen in die Wasserschüssel neben seinem Bett und legte ihn sich auf die Stirn. Seine kurzen schwarzen Haare waren schon ganz nass, genau wie sein Dreitagebart. In der letzten Zeit hatten Kopfschmerzattacken dieser Art zugenommen. Auch seine Augenringe waren viel dunkler als sonst. Er schlief aber auch so schlecht. Letzte Woche hatte ihn sogar seine Ärztin gefragt, ob er vielleicht Stress hätte. *Stress*. Sie hatte ja keine Ahnung. Hier ging es nicht um Stress. Hier ging es um seine Existenz.

Er verfluchte sich, dass er damals auf diese versnobbte Gartenparty gegangen war. Eigentlich hatte er gar nicht hingehen wollen. Es war nicht seine Welt, auch wenn die meisten Gäste Kunden von ihm waren und er sie mit Wein aus der ganzen Welt belieferte. Der Biergarten um die Ecke wäre ihm tausendmal lieber gewesen. Innerlich hatte er sich schon dagegen entschieden, wollte sich einen netten Abend vor dem Fernseher machen. Und dann war sein Leo nach Hause gekommen, wieder einmal schlecht gelaunt. Wieder einmal hatte er nur über die Bank und irgendwelche neuen Wertanlagen reden wollen. Da war Fernando doch zur Party gegangen.

Und dort hatte er ihn kennengelernt: Vinzent Fischer hatte weltmännisch gewirkt, ja: auch ziemlich großkotzig. Aber Fernando fand ihn interessant. Und ja: auch irgendwie anziehend, ein Machertyp. Das Gegenteil von Leo in der letzten Zeit. Er hatte sich auch bei dem Gedanken ertappt, dass ein Machertyp viel besser zu ihm passte. Er sah sich selber schließlich auch als Macher. Aber es war nichts zwischen ihnen gelaufen. Das hätte er sich und Leo nie angetan, Fernando Calatrava-Schmitz war schließlich katholisch.

Hätte er damals schon etwas ahnen können? Wieder und wieder hatte er sich in den vergangenen Monaten diese Frage gestellt. Er hätte etwas ahnen *müssen.* Aber die Gelegenheit, die sich ihm da bot, war zu verlockend gewesen.

Sein Weinhandel in Wattenscheid lief schlecht, seine Kredite waren ausgereizt. Und dann hatte er von diesem Vinzent Fischer den Tipp bekommen von einem boomenden Weinbaugebiet im Westen Australiens, in das er, Fernando, investieren könnte, um dann den Exklusiv-Vertrieb für Mitteleuropa zu übernehmen. Heute wusste er längst, dass das ein fauler Trick gewesen war und Fischer selber dahinter steckte. Dieser Mistkerl hatte alles geplant und seine Situation von Anfang an ausgenutzt. Das Angebot von *Austridivine*, die Schulden und dann sein lässiger Vorschlag, ihm die Summe vorzustrecken: Es war alles ein abgekartetes Spiel gewesen.

Natürlich hätte er auch Leo um Geld bitten können, schließlich arbeitete der auf einer Bank und kannte sich aus mit Darlehen. Leo hätte vielleicht Schwierigkeiten bei der Arbeit bekommen, aber er hätte das auch wieder ausbügeln können. Leo hatte schließlich einen makellosen Ruf, was schadete da ein Kredit? Und wie lange waren sie jetzt schon zusammen? Dreiundzwanzig Jahre.

Es wäre wirklich besser gewesen, wenn er Leo damals alles erzählt hätte. Aber nein, er hatte sich dagegen entschieden. Leo nervte in der letzten Zeit schon genug. Er wollte ihm nicht noch mehr Angriffsfläche bieten. Wo war die Zeit hin, als sie sich noch bedingungslos vertrauten? Als er Leo liebenswert fand und es ihm nie in den Sinn gekommen wäre, an ihrer Beziehung zu zweifeln?

Kaum war der Deal mit *Austridivine* geplatzt und die Firma in Luft aufgelöst, hatte Vinzent Fischer auf der Matte gestanden und das Geld eingefordert. 300.000,– Euro. In bar.

Fischer hatte nicht einsehen wollen, dass er das Geld erst in ein paar Monaten zahlen konnte. Erst dann würde der Großauftrag der Ruhr-Biennale kommen. Bei der Biennale wurde so viel Wein bestellt, dass die Rückzahlung überhaupt kein Problem gewesen wäre. Aber um das Geld ging es diesem Mistkerl gar nicht. Er hatte ihn in der Hand, darum ging es! Er, Fernando Calatrava-Schmitz, Weinhändler aus Wattenscheid, war diesem Mafioso vollkommen ausgeliefert. Aber so konnte es nicht weitergehen.

Sein Handy vibrierte. Eine SMS. Schon wieder Leo.

Warum musste der ihn auch alle fünf Minuten fragen, ob es seinem Kopf inzwischen besser ging? Nein! Es ging ihm nicht besser! Nicht, solange man ihn dauernd und von allen Seiten bedrängte. Als die Migräne stärker wurde, hatte er Leo gebeten, einen Spaziergang zu machen und ihn allein zu lassen. Und nun ließ ihn Leo trotzdem nicht in Ruhe. Genau aus diesem Grund bestand er auch seit Jahren auf einem eigenen Zimmer, wenn sie in Urlaub fuhren. Er hatte keine Lust auf diese ewige Nähe. Hatten sie denn aufgehört, eigenständige Menschen zu sein? Nur, dieses Mal hatte es nicht geklappt mit den beiden Einzelzimmern. Ein Computer-Fehler, hatte die Dame an der Rezeption gesagt. Das nützte ihm nun auch nichts. Ein so kleines Hotel war ihm außerdem noch nie untergekommen. Ein mehr als seltsamer Treffpunkt, den sich der Mistkerl da für die Übergabe der ersten Rate ausgesucht hatte. Und warum hatte unbedingt Leo mit dabei sein sollen? Das ergab für ihn alles keinen Sinn.

Schon wieder vibrierte das Handy. Konnte er nicht endlich Ruhe geben? Merkte Leo nicht, dass er alles nur noch schlimmer machte?

Doch dieser Gedanke tat ihm sofort leid. Leo konnte ja nichts dafür. Er hatte ja von alledem keine Ahnung. Er wusste ja auch nicht, dass dies kein normaler Urlaub war. Fernando verspürte ein schlechtes Gewissen, er hatte ihm schließlich nicht die Wahrheit gesagt, da gab es nichts zu beschönigen.

Und jetzt ging es um Leben oder Tod. Und das schon sehr bald.

Ja, das war der Ausweg. Er sah ihn klar und deutlich vor sich.

Plötzlich war der Kopfschmerz wie weggeblasen. Was für eine Erleichterung! Er wusste, was zu tun war. Ein kaltes Lächeln erschien auf seinem kantigen Gesicht.

Unter der Sonne

Das Meer in der Bucht von *Las Olivadadas* schimmerte grünlich. Der kleine Strand lag wie eine Oase inmitten der hohen Felsen. Von der nächsten Ortschaft abgelegen, wurde er fast ausschließlich von den Gästen des Hostals genutzt.

Linn Kegel und Bettina Heidenreich kletterten die steile Steintreppe hinunter, die in die Felsen gehauen war. Aus der Höhe konnten sie bereits die anderen Hotelgäste in der Bucht erkennen. Drei Nordsee-Strandkörbe hatte das Hostal aufgestellt, im ersten saßen zwei Frauen, die eine mit einem übergroßen Hut, die zweite mit sportlichem Kurzhaarschnitt. Im zweiten Korb war die glänzende Glatze eines Mannes zu erkennen, der eifrig in sein Handy tippte. Zwei weitere Männer in Badehosen – ein jüngerer und ein älterer, beide sichtbar sportlich – spielten Badminton.

Bettina zupfte das Hüfttuch über ihrem Badeanzug zurecht.

»Ich hätte einfach nie mit dem Rauchen aufhören sollen.«

»Ach, Bettina nun hör aber mal auf. Ich habe keine Lust, mir einen Urlaub lang deine Gewichtsprobleme anzuhören. Menschen sehen aus, wie Menschen aussehen. Auch du. Und für Rubens wärst du das Non plus ultra gewesen.«

»Du hast ja auch gut reden. Was liegt gewichtstechnisch zwischen uns? Ein halbes Rind?«

»Du spinnst! Ich bin einfach einen Kopf größer. Aber weißt du, wenn ich du wäre, würde ich es machen wie mein Landsmann und der Lieblingskabarettist meiner Kindheit, Peach Weber. Der ist körperlich um einiges präsenter als du und pflegte zu sagen: *Solange ich noch in meine Schuhe reinpasse …*«

»Also ich will denen da unten jedenfalls nicht den Appetit verderben.« Bettina hielt inne und fing an, in ihrer Strandtasche zu kramen.

»Was wird das, wenn's fertig ist?«, fragte Linn, doch da war es ihr auch schon klar.

Bettina begann auf den steilen Stufen ein grünes Gummikrokodil aufzublasen. Als auch die aufgerissene Schnauze mit Luft gefüllt war, gab sie mit dem Kopf das Zeichen zum Weitergehen. Das Gummitier hielt sie sich vor den runden Bauch.

»Weißt du, dass du ganz schön einen an der Klatsche hast?«

»Das musst ausgerechnet du sagen«, giftete Bettina zurück.

Sie hatten die Bucht erreicht und breiteten ihre Badetücher aus. Linn streifte ihre Shorts und das T-Shirt im Eiltempo ab und stand schon schlaksig im Bikini vor Bettina. Ihre feuerrot gefärbten Haare band sie sich aus dem Gesicht. Nachdem sie nach Erscheinen ihres letzten Buches wegen ihres Kurzhaarschnitts von der Presse dauernd mit Laurie Penny verglichen worden war, trug sie die Haare nun wieder länger.

»Ich stürz mich mal zu den Nixen. Na, was ist, bist du dabei?«

»Ach nö«, brummte Bettina missmutig. »Das ist mir jetzt zu anstrengend. Ich will lieber was lesen.«

»As you like«, erwiderte Linn und lief zum Wasser. Um die zwei Männer beim Badminton nicht zu stören, machte sie einen Bogen an den Strandkörben vorbei. So sah sie auch, dass der Glatzkopf mit dem Handy ein leicht fülliger Mittfünfziger war. Immer noch tippte er auf seinem Mobiltelefon herum, neben ihm lag eine fein säuberlich gefaltete FINANCIAL TIMES. Vertieft in sein Display, würdigte er sie jedoch keines Blickes.

Vom nächsten Strandkorb her rief die Sportliche mit dem burschikosen weißen Kurzhaarschnitt, die Linn auf Ende sechzig schätzte, hingegen ein fröhliches »Huhu!«. Ihre Begleiterin verzog unter dem ausladenden Sonnenhut nur einmal kurz die noch immer schönen Lippen zur Andeutung eines Lächelns. Ihre Augen verbarg sie hinter großen, dunklen Brillengläsern. Sie mochte noch etwas älter sein, ihr frisiertes Haar jedoch leuchtete golden und fiel in weichen Locken auf die Schultern. Obgleich sie saß, sah man, dass sie ein raffiniert geschnittenes Leinenkleid trug.

»Tag auch«, grüßte Linn und stürzte sich in die Fluten.

»Sagen Sie Bescheid, wenn Sie Nixen sehen! Dann komme ich nach«, rief ihr die Frau mit den kurzen Haaren hinterher, »die soll's hier nämlich geben!«

»Ich werde die Augen offen halten«, rief Linn zurück. »Vielleicht angle ich ja eine.«

»O là là!«, jubelte die Burschikose.

Obwohl die Sonne jetzt im Mai schon heftig brannte, war das Wasser noch erschreckend kalt. Linn schwamm einige Minuten, dann hatte sie genug. Wieder zurück auf ihrem Laken, fand sie Bettina immer noch übelgelaunt. Sie hielt das Krokodil auf den Bauch gepresst und blickte starr vor sich hin.

»Frau Heidenreich, das ist doch lächerlich, wie du dich aufführst. Du bist doch keine fünfzehn mehr. Pubertäre Übellaunigkeitsanfälle sollten nun wirklich langsam vorbei sein!«

»Das ist meine Sache. Du kannst da nicht mitreden.«

Just in diesem Moment landete der Badminton-Ball der beiden Männer vor Bettina. Der jüngere der beiden kam auf sie zugerannt.

»Mein Ball liegt zwischen Ihren Füßen«, sagte er. Er war vielleicht fünfundzwanzig Jahre alt, hatte weißblonde Haare, war auffallend gepflegt und trug eine überaus knapp sitzende Badehose.

»Und jetzt?«, knurrte Bettina betont sonor, griff sich den Federball und dann nach ihrer Zeitschrift. Der Mann war perplex.

»Und jetzt möchte ich ihn wiederhaben.«

Bedächtig schob sie ihre Sonnenbrille auf die Nasenspitze und musterte ihn über den Brillenrand: »Ach so. Möchten Sie das.«

Der junge Mann war von Bettinas Verhalten sichtbar irritiert: »Was wollen Sie? Soll ich jetzt *bitte* sagen? Also: Ich hätten *bitte* gerne meinen Ball zurück. Geht's jetzt?«

»Schon besser.« Bettina holte widerwillig mit dem Ball aus und warf ihn dem Mann direkt vor die glatt rasierte Brust.

»Ist sie immer so?«, fragte er Linn. Er war wirklich von oben bis unten ein auffallend hübscher junger Mann.

Auch Linn hatte sich den Dialog mit steigender Irritation angehört. »Ich fürchte schon. Wissen Sie, meine Freundin ist gerade aus dem Knast geflohen. Sie ist der Meinung, durch Nettigkeit könnte sie auffallen. Also, sagen Sie es bloß nicht weiter.«

»Aha«, erwiderte der Weißblonde und konnte sich ein Grinsen nicht verkneifen. »Ich dachte mir schon so was in der Art. Aber kein Problem, ich hab meinen Zivildienst im Altersheim gemacht und bin einiges gewöhnt. Bei Demenzkranken verliert sich irgendwann der soziale Liebreiz.« Er wollte gerade zu seinem Begleiter zurücklaufen, einem muskulösen Mann mittleren Alters, als dieser auf die Gruppe zukam.

»Ich hoffe, unser Spielchen belästigt Sie nicht«, säuselte er etwas zu guttural und ließ eine ganze Reihe perlweißer Zähne aufblitzen. Auf seinem Brusthaar funkelte eine goldene Kette in der Sonne. »Manchmal denke ich ja, diese kleinen Bälle führen ein Eigenleben. Irgendwie landen sie nie da, wo ich will. Aber zumindest hatten Sie Gelegenheit, sich meinen Freund ganz genau anzuschauen, nicht wahr?«

»Vinz, jetzt lass gut sein, wir gehen weiterspielen«, versuchte der Jüngere die Situation zu retten.

»Ach, er war jetzt nicht der erste Mann, den wir in Badehose sehen, wenn Sie das meinen«, erwiderte Linn, indem sie den Klang seiner Stimme nachmachte. Ihr war der protzige Kerl sofort unsympathisch. Und wie er sich hier aufführte, fand sie ziemlich peinlich.

»Aber bestimmt nicht von dieser Qualität«, gab der Muskelmann mit einem süffisanten Blick auf das Gummikrokodil zurück. »Ich jedenfalls mag es nicht, wenn man meinen Freund so ansieht, merken Sie sich das.« Der gutturale Klang war einem Befehlston gewichen. Doch dann schien er sich wieder zu besinnen und fuhr einschmeichelnd fort: »Sie wohnen sicher auch hier im Hostal, nicht wahr? Wie unhöflich, mich noch gar nicht vorgestellt zu haben! Ich bin Vinzent Fischer. Und das hier ist mein Freund Tom Boie.«

»Fischer und Boie«, murmelte Bettina. »Wie einfallsreich.«

»Wir sehen uns ja dann heute Abend bestimmt zum Dinner«, fuhr der Goldbehängte fort. »Das ist der Vorteil dieses Kleinods hier. Oder auch der Nachteil, je nachdem, Frau ...«

»Kegel und Heidenreich«, schmetterte ihm Bettina entgegen. »Und ehrlich gesagt, sind wir nicht hier, um Bekanntschaften zu machen, ob mit oder ohne Badehose. Na dann, bis später. Man sieht sich.«

Wieder verschwand der schmeichelnde Ton aus Vinzent Fischers Stimme und der Ausdruck seines Gesichts wurde härter: »Da machen Sie sich mal keine Sorgen. Ich kann mir nicht vorstellen, dass das passiert.« Er drehte sich um und ging. Tom Boie blieb noch einen Moment kopfschüttelnd stehen. »Der ist heute ja wieder richtig Spitze drauf« murmelte er, und zu Linn gewandt: »Na dann, bis später.«

»Unverschämtheit«, knurrte Bettina. »Arroganter Schnösel.«

»Ja, wirklich ein seltsamer Typ. Du warst aber auch nicht gerade der Inbegriff an sozialer Kompetenz. Aber dieser Boie scheint im Gegensatz zu seinem besitzergreifenden Lover ganz nett zu sein. Wie krass ist das denn: Er mag es nicht, wenn man seinen Freund so ansieht? Als hätten wir ihn sabbernd angeglotzt! Das ist doch völliger Quatsch. Und ziemlich psycho.«

»Also dieser Fischer sieht aus wie ein Zuhälter. Auf jeden Fall kommt der doch aus der Halbwelt, so wie der rumläuft. Ich wette mit dir.«

»Es ist so schön, dass du überhaupt keine Vorurteile hast, Bettina!«, erwiderte Linn sarkastisch. »Na egal. Wir werden mit dem Mann nichts zu tun haben. Also lass uns nicht weiter über ihn nachdenken.«

»Wo du recht hast, hast du recht.« Bettinas Kopf verschwand hinter der Zeitschrift.

»Seit wann liest du denn die BRIGITTE?«

Bettina hielt ihr das Cover unter die Augen.

»*Abnehmen ohne üble Laune. 99 Tipps, wie es Ihr Partner auch während der Diät mit Ihnen aushält*?«, las Linn fassungslos. »Spinnen die jetzt komplett?«

Bettina zuckte nur mit den Schultern. »Dachte, schaden kann's ja nicht.«

»Da wäre ich mir aber an deiner Stelle nicht so sicher. Du willst es wohl vorab an mir testen, bevor du es auch an Xaver ausprobierst?«

»Bingo«, gab Bettina ehrlich zu und vergrub sich wieder in die Lektüre.

Linn hingegen merkte jetzt die Müdigkeit. Es war verdammt früh gewesen, als sie am Morgen in Köln aufgestanden war, um pünktlich am Flughafen zu sein. Sie zog ihren nassen Bikini aus, schlüpfte wieder in Shirt und Shorts und beschloss, sich dieser Müdigkeit hinzugeben und für ein paar Minuten die Augen zu schließen. Ein Fehler, wie sich später herausstellen sollte. Doch zunächst hörte sie noch eine ganze Weile das Brechen der Wellen und spürte den leichten Wind des Atlantik auf ihrer Haut. Dann schlief sie ein.

Küchengespräche

Die Kürbiscremesuppe blubberte. Gedankenversunken rührte Daphne von Zeit zu Zeit die orangefarbene Masse um. Ihr kinnlanges lockiges Haar hatte sie sorgfältig frisiert. Ihre weiße Bluse spannte über kleinen, festen Brüsten. Der kurze Rock ließ den Blick frei auf makellos schlanke Beine. Mit gerade vierzig war sie ohne Zweifel eine sehr attraktive Frau und entsprach den gängigen Vorstellungen von Schönheit und Weiblichkeit wie kaum eine andere: Sie war zierlich und mittelgroß, hatte leicht schräg stehende Augen mit auffallend dichten, langen Wimpern. Wie immer war sie auch heute sorgfältig geschminkt. Das einzige, was aus dem Rahmen fiel, war ihr Mund, der etwas zu breit war. Dafür besaß sie absolut makellose Zähne. Sie war eine Schönheit und dazu auch noch eine wahre Künstlerin in der Küche.

Mit der Rechten die Suppe umrührend, griff sie mit der anderen zu ihrem Handy und wählte. Nach wenigen Sekunden meldete sich jemand. Die schöne Köchin dämpfte ihre Stimme, als sie zu sprechen begann: »Daphne hier. ... Jetzt hör sofort auf. Deine blöden Sprüche kannst du dir sparen ... Ist doch egal, wie es mir geht. Darum rufe ich dich nicht an! ... Nein, schnapp nicht gleich ein. Und hör auf, mich Schätzchen zu nennen! Hör zu: Ich muss dir was erzählen. ... Vinzent ist hier, schon seit drei Tagen. Tom hat ihn mitgebracht ... Wenn ich auffliege, war alles umsonst! ... Meinst du, ich soll es jetzt selber in die Hand nehmen? ... Nein, als Köchin und Dienstmädchen achtet man nicht auf mich. ... Aber wie? ... Ein Messer aus der Küche? Meinst du nicht, das würde auffallen? … Ich muss Schluss machen, da kommt jemand.«

Kaum hatte sie den letzten Satz ausgesprochen, ging auch schon die Tür zur Küche auf. Ein glatzköpfiger, dicklicher Mann mit Brille, breitem Lächeln und einem offensichtlich selbstgepflückten Blumenstrauß trat ein. Daphne wandte sich erstaunt um und wollte etwas sagen, als ihr der unerwartete Gast zuvorkam.

»Ich weiß, ich weiß, mein schönes Fräulein Daphne, Sie wollen nicht, dass Gäste in Ihr Refugium eindringen. Aber ich wollte mich doch so gern einmal persönlich bei Ihnen bedanken, dass Sie sich heute so lieb um Fernando gekümmert haben. Seine Migräne ist in den letzten Tagen wirklich furchtbar.« Und strahlend setzte er hinzu: »Ich hoffe also, Sie verzeihen mir diesen Überfall. Diese hier sind für Sie.« Er reichte ihr den Blumenstrauß. »Mögen Sie Bougainvillea?«

Daphne sah ihn erstaunt an. Sie zupfte ihre Bluse zurecht, dann hatte sie ihre Fassung wieder.

»Natürlich, die wachsen hier ja überall. Welche Frau mag die nicht? Aber nötig wäre das nicht gewesen.«

»Ich weiß, ich weiß, meine Liebe«, unterbrach sie Leo Schmitz. »Es ist Ihr Job, sich um die Gäste zu kümmern. Aber glauben Sie mir, es ist trotzdem nicht selbstverständlich.«

»Ja, aber …«

»Kein aber, Fräulein Daphne! Also wenn ich Ihnen im Gegenzug vielleicht irgendwie behilflich sein könnte, würde ich das gerne tun. Habe ich schon erzählt, dass ich bei der Commerzbank arbeite? Ich könnte Ihnen ein paar gute Tipps geben, zu Anlagen, Vorsorge, Krediten …«

»Ja, aber …« Daphne rang die Hände, doch gegen die Verve von Leo Schmitz hatte sie keine Chance.

»Nein, nein, Fräulein Daphne! Das sind alles wichtige Bereiche, mit denen man sich befassen muss. Am besten unter fachmännischer Beratung. Sie können es sich ja mal durch den

Kopf gehen lassen, hier ist meine Karte. Ich würde Ihnen gute Konditionen verschaffen können. Das versteht sich von selbst.«

»Herr Schmitz, ich …« Doch da war die Atempause ihres unerwünschten Gastes auch schon zu Ende.

»Nichts zu danken, Sie wunderbares Geschöpf. Und sagen Sie doch Leo zu mir. Wie gesagt, ich finde es nicht selbstverständlich, was Sie für Fernando tun. Und auch wenn Sie nun in Spanien leben – leben Sie eigentlich immer hier oder haben Sie auch noch ein Domizil in Deutschland? –, na, egal, jedenfalls sehe ich es als meine Pflicht, Ihnen zu helfen. Und so eine Finanzberatung tut manchmal Wunder, das sage ich Ihnen. Was riecht hier eigentlich so?«

Daphne blickte sich verwirrt um. Aus dem Kürbissuppentopf dampfte es verdächtig.

»Oh Gott, die Suppe! Herr Schmitz – ich meine: Leo! – Ich muss jetzt wirklich weiterarbeiten. Sie wollen doch, dass Sie und die anderen Gäste heute Abend etwas zu essen bekommen, nicht wahr?« Noch einmal zupfte sie sich die Bluse zurecht, noch einmal setzte sie ihr charmantestes Lächeln auf. Dann versuchte sie, Schmitz langsam, aber bestimmt aus der Küche zu schieben.

»Immer tut sie ihre Pflicht!«, lobte Schmitz onkelhaft. »Dann lasse ich Sie mal. Wir haben in den nächsten Tagen bestimmt noch einmal Gelegenheit für ein Schwätzchen! Und nicht vergessen: Geld kommt zu den Menschen, die es lieben! Aber man muss die Grundlagen dafür schaffen. Das vergessen Frauen wie Sie ja gerne. Ja, ja, vor allem die Frauen sind hierbei ganz schön schüchtern. Aber ich helfe Ihnen gerne! Sie haben so etwas Besonderes an sich, Daphne. Ich finde Sie wirklich ganz wunderbar. Also, wenn ich meinen Nando nicht hätte – und wenn ich zehn Jahre jünger wäre …«

»Sie sind ja ein richtiger Schmeichler!« Damit hatte Daphne den dicklichen Leo aus der Küche geschoben und konnte endlich Luft holen.

Böses Erwachen I

Als Linn Kegel ihre Augen wieder öffnete, war ihr schnell klar, dass mehr als nur fünf Minuten vergangen waren. Die Luft hatte bereits deutlich abgekühlt. Die beiden Badminton-Spieler waren verschwunden, ebenso Bettina und der glatzköpfige FINANCIAL TIMES-Leser.

Sie setzte sich auf und griff nach der Uhr in ihrem Strandbeutel. Die Haut an Armen und Beinen spannte. Na, das konnte ja heiter werden! Noch war zwar keine Rötung zu erkennen, doch ein Blick auf die Zeitanzeige gab ihr die Bestätigung: Sie hatte fast zwei Stunden geschlafen. In der Sonne. Und das bei ihrem Hauttyp. Ein Sonnenbrand war so sicher wie sonst etwas.

»Chaibä Mischt, Frau Chegel, hät das jetzt unbedingt müässä sii?«, fluchte sie, dann löste ein »Huhu!« sie aus ihrer Starre.

»Hallo Sie, junge Frau! Sagen Sie bloß, Sie haben bis eben geschlafen! Das sollten Sie bei Ihrer hellen Haut aber nicht tun. Sie lagen doch schon da, als wir aufgebrochen sind.«

Die Burschikose aus dem Strandkorb stand direkt über Linn und schaute auf sie herunter. Eine Erfahrung, die die Frau bestimmt nicht oft machte, da sie wohl kaum größer als einen Meter fünfzig war.

»Sagen Sie mir etwas Neues. Ich hatte nicht vor, so lange hier rumzuliegen.«

Die Frau über ihr schien das nicht zu beruhigen.

»Und Ihre Freundin? Wo ist die? Die hätte Sie doch wecken müssen, als sie gegangen ist.«

»Sollte man denken.« Linn richtete sich voll auf und packte

ihr Strandzeug zusammen. Mit ihren eins dreiundachtzig überragte sie die andere um mehr als eine Kopflänge. Die Kurze reckte und streckte sich, so gut sie konnte. Denn für sie war das Gespräch noch nicht beendet.

»Wissen Sie, was Sie machen sollten? Sich mit Quark einreiben. Das hilft bei Sonnenbrand immer. Macht die Haut schön geschmeidig. Und die Milchproteine beruhigen. Auch Gurke tut gut, das kühlt. Die Natur ist einfach die beste Heilerin.«

»Darauf stehe ich ja nun gar nicht«, murmelte Linn und verzog das Gesicht. Sie sollte sich Quark und Gurke aufs Gesicht schmieren? Quark und Pflaumenmus, okay, das konnte man sich aufs Brot schmieren. Aber mit Gurke? Und um Bettina aus dem gemeinsamen Mini-Bett zu vertreiben, würde Quark auch nicht reichen. Sie würde damit höchstens riskieren, dass ihre Freundin sie in der Nacht für einen Imbiss hielt.

»Aber danke für den Tipp. Frau …«

»Rosi Kremer. Nennen Sie mich Rosi. Oder noch besser: Nenn mich Rosi! Wir sind hier doch alle unter uns.«

»Na dann, ich bin Linn.«

»*Lünn*! Was für ein schöner Name!«

»Linn«, verbesserte sie. »Mit i.«

»Im Urlaub haben Nachnamen doch eh keine Bedeutung, findest du nicht auch, Lünn? Jedenfalls bei allen außer meiner Freundin. Die würde sich nie als Gertraud vorstellen. Nicht wahr, Liebelein? Du bist immer Madame Delling. Wenn es ginge, sogar bei deinen Eltern. Nun komm doch mal, wir unterhalten uns hier gerade so nett.«

Die elegante Dame im bodenlangen Leinenkleid kam nur widerwillig zu Linn und ihrer neuen Bekanntschaft.

»Du solltest es so machen wie Gertraud und nur voll bekleidet in die Sonne gehen, Lünn. Nicht wahr, Liebelein?«

Gertraud Delling nickte langsam unter dem ausladenden Sonnenhut und reichte Linn ihre behandschuhte Hand.

»Ich habe sehr empfindliche Haut«, erklärte sie mit tiefer

Stimme. »Eine Zeit lang hatte ich sogar die Befürchtung, ich könnte wie Hannelore Kohl die Lichtkrankheit haben. Aber seit ich nur noch bedeckt in die Sonne gehe, ist das viel besser geworden. Lichtschutzfaktor vierzig von Vichi, wissen Sie. Auch für *Après soleil* haben die sehr gute Produkte. Absolut empfehlenswert.« Wieder nickte Gertraud Delling distinguiert. Und ihre Begleitung ergänzte: »Es ist auch alles bio, das kann die Haut am besten aufnehmen.«

Linn lächelte gequält. »Dann kann ja nichts mehr schiefgehen. So viele Tipps, wie ich jetzt bekommen habe! Aber ich schaue mir das Missgeschick am besten erst mal im Zimmer an.«

»Ja, das solltest du tun«, sagte Rosi, »gleich gibt's ja auch schon Essen. Da sehen wir uns dann. Dein Nachname ist Kegel, nicht wahr? Ich habe mich vorhin an der Rezeption erkundigt. Der Name kommt mir so bekannt vor. *Lünn Kegel*. Kennt man dich?«

»Nur wenn du ein Faible fürs Morden hast.« Und wenn du noch einmal *Lünn* sagst, dachte sie bei sich, ist es soweit …!

Das Lachen der kleinen Frau gefror und auch Gertraud Delling warf ihr einen irritierten Blick zu.

»Natürlich nicht im wörtlichen Sinn. Ich schreibe Krimis.«

»Das ist natürlich etwas anderes«, erwiderte Rosi.

»Und da kommen Sie hierher in die Einöde?«, fragte Delling ungläubig und nestelte an ihren Handschuhen. »Hier finden Sie doch mit Sicherheit keine Inspiration.«

»Genau das hoffe ich«, antwortete Linn. »Ich bin hier, um mich einfach nur auszuruhen und nichts zu tun. Was soll hier schon passieren?«

Rosi Kremer lachte gackernd. »Ja, genau! Was soll hier schon passieren? Wir haben noch nicht einmal einen Fernseher auf dem Zimmer! – So, jetzt müssen wir uns aber fürs Essen umziehen, nicht wahr, Liebelein? Bis später, tschüssi!«

»Tschüss«, antwortete Linn einsilbig. Sie schaute den beiden Frauen noch einige Augenblicke nach, wie sie erstaunlich flink die steile Treppe zum Hostal hinaufkletterten. Dann ging auch sie zurück.

Als sie das Zimmer betrat, lag Bettina diagonal auf dem Bett.

»Hey, da bist du ja.«

Der lahmen Begrüßung war anzuhören, dass ihre Mitbewohnerin-wider-Willen die Einsamkeit des Zimmers gern noch ein Weilchen genossen hätte.

»Gleichfalls. Seit wann bist du denn hier oben?«

»Weiß nicht. Eine Stunde vielleicht. Mir war's unten zu heiß. Und nach der BRIGITTE musste ich mal wieder was Vernünftiges lesen.« Bettina legte ihre Zeitschrift weg – diesmal war es die EMMA – und gähnte ausführlich.

»Vielen Dank, liebe Frau Heidenreich, dass Sie mich nicht geweckt haben, als Sie gingen. Stattdessen habe ich komatös weitergeschmort. Schau mich mal an. Das wird ein fetter Sonnenbrand! Die zwei alten Ladies am Strand wollten mich schon mit Quark einschmieren.«

»Hä?«, fragte Bettina.

»Vergiss es.«

»Ich *wollte* dich vorhin nicht wecken. Also ich bin ja immer total schlecht gelaunt, wenn man mich weckt. Abgesehen davon kannst du froh sein, dass das kein FKK ist und du ein Shirt anhattest. Stell dir mal vor, es wär FKK gewesen und du wärst auf dem Bauch eingeschlafen. Da macht es für ne Weile keinen Spaß mehr, aufs Klo zu gehen! Xaver hatte das ja mal, als wir mit seiner Tante Ella in Dänemark waren. Ich hör den noch heute, wie er sagt: ›So 'n Blödsinn, ich brauch hier bestimmt keine Sonnencreme. Weißt du, wie weit nördlich wir hier sind! Das ist nur eine Erfindung der Marketingabteilungen der Sonnencremelobby, dass man das braucht!‹, und zack! – war's um sein Hinterteil geschehen. Der konnte tagelang nicht mehr sitzen. Und auch die Nichte von seinem Cousin zweiten Grades, weißt du, der, der im Osten wohnt, also nicht der aus Bayern, sondern der aus Thüringen mit dem kreisrunden Haarausfall, der sich eine Weile mal nur von Sellerie ernährt hat, weil er dachte, das bringt ihm die Potenz zurück, also die Nichte ...«

Linn ging dazwischen, solange sie noch die Möglichkeit dazu hatte. War Bettina erst einmal in Fahrt, dann schaffte sie es ohne weiteres, einmal durch die komplette verwinkelte und verzweigte Familie ihre Lebensgefährten zu erzählen. Mit allen Verwandtschaftsgraden.

»Ich versteh schon, ich muss dir dankbar sein, dass du mich nicht auch noch umgedreht hast wie ein Stück Fleisch auf dem Grill. Du hast ganz recht: Vielen, vielen Dank, liebe Frau Heidenreich. Das erzähl ich dann auch meinen Armen und Beinen, wenn sie sich pellen.«

»Selber schuld, Frau Kegel. So eine Blasshaut wie du sollte sich eben nicht stundenlang in die Sonne legen. Aber immerhin siehst du jetzt nicht mehr aus wie Schweizer Käse.«

»Ja, ja. Ich habe verstanden. – Apropos: Ich hab übrigens richtig Kohldampf.«

»Ich auch. Das kann ich dir sagen!«

»Ich dusche mal eben und dann können wir runter. Ist ja schon halb sieben.«

»Sehr gut. Aber beeil dich! Ich krieg langsam Entzugserscheinungen.«

Ego-Streichelei

»Bolle, jetzt komm mal wieder runter und halt für einen Moment die Fresse«, bellte Vinzent Fischer in sein Handy und trank die Flasche Bier in einem Zug leer. »Morgen Abend bin ich wieder da, bis dahin wirst du's ja wohl schaffen, die Stellung zu halten. ... Ja, wenn der Typ partout nicht kooperieren will, machst du ihm halt ein bisschen Angst. Du weißt doch, wo seine Kinder in die Schule gehen. Lass das ihm gegenüber mal nebenbei fallen. Das wirkt meistens sofort. Wenn er morgen nicht zahlt, kümmere ich mich um ihn. Auch das kannst du ihm sagen, mit schönen Grüßen. ... Ja, mit diesem *Austridivine* machen wir richtig Reibach, ein wirklich genialer Einfall von mir. Calatrava, dieses Opfer, ist ja hier bei mir in Spanien. Der hat bis morgen früh Zeit, die Kohle für die erste Rate beizubringen. Sei ihm auch sehr geraten, das endlich über die Bühne zu bekommen, sonst setzt es was, das sag ich dir! ... Morgen Abend? ... Na klar können wir das machen, Bolle. Eine nette fette Party, das sehe ich auch so. Wir müssen schließlich feiern. Sag gleich auch den anderen Jungs Bescheid, morgen lassen wir die Sau raus. ... Fürs Catering ruf am besten mal diesen Italiener-Fatzke an, diesen Giovanni. Der müsste doch inzwischen wieder aus dem Krankenhaus draußen sein, oder? Dann sieht er jetzt bestimmt ein, dass er uns was schuldig ist. Haha! Und sag ihm, ich will die gute Burrata, nicht wieder diese billige Mozzarella-Scheiße ... Genau, Bolle, Kontakte sind alles, das sehe ich genauso«, lachte Vinz laut in sein Handy. »Man muss nur wissen, wen man fragen muss – und wer am meisten Angst vor einem hat. … Also mach's gut, mein Freund. Und heiz dem Typen ruhig gehörig ein. Nur umbringen darfst du ihn nicht. Das heben wir uns für später auf.«

Wieder lachte Vinz laut in das Gerät. Dann beendete er das Gespräch und nahm sich eine Flasche Sekt aus der Minibar. Bier und Rotwein waren ja leider schon alle.

»Du solltest wirklich nicht so viel trinken, Vinz, sonst kommst du wieder auf komische Ideen und siehst überall Gespenster«, sagte Tom, der auf dem Bett lag und eine Zigarette rauchte.

»Das lass mal meine Sorge sein. So schnell kippt der alte Vinz nicht aus den Latschen«, erwiderte Fischer und strich sich über die Goldkette auf seiner Brust.

Dinner Time

Als Heidenreich und Kegel eine knappe Stunde später ins Bistro des Hostals kamen, waren bereits viele Tische auf der Terrasse besetzt. Offensichtlich hatte Pe Knaus nicht untertrieben: Es schienen nicht nur Hotel-Gäste hier zu essen, sondern auch Leute von außerhalb. Die Küche musste also ganz in Ordnung sein. Linn erkannte die beiden Badminton-Spieler Vinzent Fischer und Tom Boie, beide nun in schicken hellen Anzügen, zwei große Teller Pasta, einen halbvollen Aschenbecher und eine Flasche Rotwein auf dem Tisch – offensichtlich nicht die erste, wie Linn an den glasigen Augen von Fischer feststellte. Am Nebentisch saß der Glatzkopf vom Strand zusammen mit einem dunkelhaarigen Mann mit auffälligen Augenringen und Dreitagebart. Nur die beiden Frauen vom Strand – die kurzhaarige Rosi Kremer und die edel gekleidete Gertraud Delling – waren offensichtlich noch nicht da.

Bettina und Linn wählten einen Tisch am Rand der Terrasse mit Blick auf Pinienbäume und das Meer. In der Ferne war der kleine Fischerort Bermeo zu erkennen, der Leuchtturm flackerte alle paar Augenblicke auf.

Kaum eine Minute später erschien auch schon Pe mit der Karte.

»Guten Abend. Ich hoffe, Sie hatten einen schönen ersten Tag bei uns. Das Meer war heute ja einfach herrlich. Wir haben zweierlei Vor-, Haupt- und Nachspeisen zur Auswahl: Kürbiscremesuppe oder Avocadosalat, Pasta mit frischem Thunfisch oder Schweinenackensteak mit Bratkartoffeln und jungen Speck-Bohnen, und als Dessert *Crema Catalana* oder Nusstorte. Zu trinken empfehle ich Ihnen den hiesigen Txakoli, einen Weißwein aus dem Baskenland. Eiskalt serviert, sehr erfrischend.«

Bettina lief sichtlich das Wasser im Mund zusammen. Unruhig rutschte sie auf ihrem Stuhl hin und her. Linn konnte es nicht fassen. »Himmel, jetzt bestell doch einfach ganz normal. Das ist das Allergesündeste.«

»Du hast gut reden«, antwortete Bettina und las noch einmal die Speisekarte.

»Machen Sie gerade Diät?«, fragte nun auch Pe. »Ich kann Ihnen gerne etwas zusammenstellen lassen. Wie wäre es mit einem kleinen gemischten Salätchen, dann ein leichtes Fischchen mit gedünstetem Gemüse und zum Dessert ein Scheibchen frische Ananas?«

Angewidert sah Bettina von der Karte auf und die lächelnde Pe an. »Wenn ich Salat essen will, gehe ich auf eine Wiese. Aber ich geh nicht in ein Restaurant. Und Dinge im Diminutiv esse ich nicht! Also bringen Sie mir die Suppe, den Schweinenacken und eine große Cola. Den Schweinenacken ohne Grünzeug, dafür mit der Thunfischpasta. Dessert lasse ich weg.«

Linn verkniff sich jeglichen Kommentar. »Ich nehme die Avocado, die Pasta und die *Crema Catalana*. Und dazu einen halben Liter von dem baskischen Wein mit dem unaussprechlichen Namen.«

»Die Crema mit Sahne?«, fragte die Hotelbesitzerin.

»Und ob! Bitte eine doppelte Portion. Und zwei Löffel«, übernahm Bettina die Antwort.

»Gerne. Kommt sofort!«, flötete Pe mit einem wissenden Lächeln, dann verschwand sie im Haus.

»Was guckst du mich so an? Ich mag nun einmal kein Gemüse«, sagte Bettina.

»Ich dachte, du wolltest den Nachtisch weglassen«, antwortete Linn amüsiert.

»Tu ich doch«, erwiderte die Barocke. »Wenn andere bestellen, zählt das nicht.«

»Haha«, konterte Linn. »Du lässt dich wohl von Dürrenmatt inspirieren. Der ging mit seinen Schauspielern nach den Proben auch immer essen, obwohl ihm sein Arzt Diät verordnet hatte. Aber der machte es raffinierter als du.«

»Wie denn?«

»Dürrenmatt sagte seinen Schauspielern genau, was sie zu bestellen hatten. Für sich selber bestellte er nichts, fraß sich dann aber bei seinem Ensemble durch.«

»Cleveres Bürschchen.«

»Na, ich glaube, in Dürrenmatt hätten mehrere Bürschchen reingepasst. Dagegen bist du ein Magermodel.«

Bettina kicherte und tätschelte sich den runden Bauch.

Pe brachte die Getränke, die beiden prosteten sich zu.

»Auf unseren Urlaub!«, rief Bettina.

»Auf erholsame Tage ohne Verlagsgedöns und Computer!«, ergänzte Linn.

»Bedienung!«, rief Vinzent Fischer so laut, dass selbst Bettina und Linn sich zu ihm umdrehten. »Wir brauchen hier noch Rotwein! In der Flasche ist zu viel Luft!«

Auch der Dunkelhaarige mit den Augenringen und sein glatzköpfiger Begleiter hatten sich irritiert umgewandt.

»Sei doch nicht so laut«, versuchte Tom Boie seinen Freund Vinzent zu beschwichtigen. »Die Leute gucken ja schon.«

»Sollen Sie doch! Ach, hallo Fernando! Du auch hier? Ist ja ein doller Zufall!«

Fischer goss sich die letzten Tropfen Rotwein in sein Glas, bevor Pe mit einer neuen Flasche kam. Fernando Calatrava-Schmitz ignorierte ihn geflissentlich, sein Mann Leo hingegen wirkte alarmiert.

Linn wendete sich wieder ihrem eigenen Wein zu und ließ ihren Blick über das Meer schweifen. Sie konnte sich noch gut an ihren ersten Urlaub erinnern, in den sie per Flugzeug aufgebrochen war. Damals war sie zwölf gewesen und mit ihren Eltern nach Italien geflogen. Wenn man ihr damals gesagt hätte, dass sie mit Mitte dreißig ihren Urlaub mit einer übergewichtigen Cholerikerin verbringen würde, hätte sie wahrscheinlich ungläubig den Kopf geschüttelt. Ganz abgesehen davon, dass es für sie damals wahrscheinlich unvorstellbar war, jemals über dreißig zu werden. Das war ja knapp vor tot! Wenn man ihr damals aber gesagt hätte, dass sie einmal Krimi-Autorin werden würde, hätte sie das wahrscheinlich gut gefunden. Die wirkliche Welt war ihr schon als Kind viel zu langweilig vorgekommen und im TV hatte sie damals schon die weiblichen Vorbilder vermisst. Also hatte sie als Fünfjährige schon Tarzanina erfunden und war in ihrer Fantasie mit ihr anstatt mit Tarzan durch den Dschungel gezogen. Und sie hatte sich Jamie Bond ausgedacht. Warum sollten denn alle Helden Männer sein?

Linn hielt inne. Nein, wahrscheinlich hätte sie es als Jugendliche gar nicht so prickelnd gefunden, Autorin zu werden. Wollte sie mit zwölf nicht Astronautin werden? Sie überlegte, war sich aber nicht mehr sicher. Auch Meeresbiologin stand lange hoch im Kurs. Heute wäre es für sie eine Strafe, wochenlang mit mehreren Personen auf engstem Raum zu leben und sich ein Vakuumklo teilen zu müssen. Egal ob im All oder auf dem Meer. Da waren ihr doch ihre Bücher viel lieber. Auch wenn sie sich ab und zu mit ihrem Verleger streiten musste.

Als ob Bettina mitgehört hätte, fragte sie: »Wie läuft es denn eigentlich mit Hartmann? Versteht ihr euch wieder, er und du?«

»Geht so. Jo Hartmann findet immer Dinge, die ihm nicht passen. Aber wir spielen uns langsam ein«, ein Grinsen huschte über Linns gerötetes Gesicht. »Solche Sachen wie bei *Schöner morden* leistet er sich inzwischen nicht mehr. Da kritisierte er doch wirklich, dass Männer in meinem Roman keine wichtigen Rollen spielen würden. Ich weiß noch, wie ich ihn angeschaut habe und einfach gesagt habe: na und? Das hat ihn doch ziemlich aus seinem Konzept gebracht. Hihi.«

Bettina und Linn hatten sich in den letzten Monaten nicht

oft gesehen. Bettina war in der Künstleragentur eingebunden, Linn in ihre Buchplots. Wenn sie sich trafen, sprachen sie meist über anderes als ihre Berufe. Das hatten sie sich irgendwann angewöhnt.

»Sag mal, was ich dich ja schon immer mal fragen wollte«, fragte Bettina nun und funkelte sie herausfordernd an, »wirst du eigentlich manchmal auf der Straße erkannt?«

Linn lachte laut und kehlig: »Himmel! Ich schreibe Bücher! Ich habe keine eigene Fernsehshow und bei Instagram bin ich auch immer noch nicht! Oder ist dir schon mal aufgefallen, dass ich regelmäßig von Groupies bestürmt werde, wenn wir zusammen unterwegs sind? Einmal hat mich eine Frau auf der Straße erkannt, weil ich bei *Weiberherz* so doof war, ein Foto von mir in die Umschlagklappe zu setzen. Auf die Begegnung hätte ich auch gut drauf verzichten können.«

»Inwiefern?«

Linn lachte noch lauter: »True story: Die Frau kommt am Barbarossaplatz auf mich zugestürmt und packt mich am Arm. Dann sagt sie: ›Sind *Sie* Linn Kegel? *Die* Linn Kegel?‹ Und als ich in meiner Perplexität ja sage, meint sie: ›Gut, dass ich Sie treffe! Die Außerirdischen werden nämlich bald kommen. Und uns beide werden sie retten und mitnehmen. Und dann werden unsere Lymphdrüsen auf Fußballgröße anschwellen und wir werden hundertfünfzig Jahre alt.‹ – Als Erlebnis mit einem Fan gar nicht schlecht, oder?«

Bettina legte den Kopf schief und schaute Linn aus schmalen Augen amüsiert an: »Und was hast du getan?«

»Na ja, ich habe gesagt, dass ich mit achtzehn die Röteln hatte und darum schon weiß, wie es ist, wenn die Lymphdrüsen anschwellen. Und dass ich es nicht erstrebenswert finde, hundertfünfzig zu werden. Sah man ja an Jopi Heesters, wie das ausgeht. Ich bin mir sicher, dass er in Wahrheit immer noch viel älter war, als alle dachten. Und schwups, hat sich die Lady umgedreht und ward nicht mehr gesehen.«

»So kann's gehen.« Bettina lachte. »Da hast du mal eben die Hoffnungen einer Unbekannten zerstört, mit dir die Ewigkeit zu erleben. Du bist ganz schön grausam.«

Die schöne Köchin kam mit der Vorspeise an ihren Tisch. »Hi. Ich bin Daphne, ich koche für Sie.«

Linn und Bettina blickten auf. Daphne war wirklich auffallend attraktiv. »Toll!«, antwortete Linn. »Wir sind Linn und Bettina, wir essen für Sie – und zwar alles. Wir haben schon von Ihren Kochkünsten gehört.«

Das Kompliment schien Daphne etwas verlegen zu machen. Mit einem Blick auf Bettina sagte sie: »Na, dann einen schönen Aufenthalt und guten Appetit.«

Kaum war sie wieder in der Küche verschwunden, schallte ein lautes *Huhu!* quer über die Terrasse. Rosi Kremer kam im Jogginganzug auf die beiden zugehüpft. Entgegen ihrer burschikosen Art war er pinkfarben und mit glitzernden Swarovsky-Steinen besetzt. Gertraud Delling, wie am Nachmittag in wehendes, wenngleich noch eleganteres Leinen gekleidet und mit auffallendem Hut, folgte ihr in distinguiertem Abstand.

»Rosa Gefahr im Anmarsch«, murmelte Linn noch mit zusammengepressten Zähnen. Doch es war zu spät.

»Meine Liebe, wie geht es deinem Sonnenbrand?«, rief die kurze Rosi.

»Oh, ihr seid schon beim Du? Da hab ich wohl was verpasst«, murmelte Bettina, ebenfalls mit zusammengepressten Zähnen und vorgetäuschtem Lächeln.

»Halt die Klappe. Du kommst auch noch dran«, flüsterte Linn zurück.

»*Lünn*«, frohlockte Rosi und die Angesprochene verzog automatisch das Gesicht, »ich habe dir hier extra ein Päckchen Quark aus der Küche mitgebracht. Das trägst du heute Nacht auf, dann ist morgen alles wieder gut.« Dann wendete sie sich Bettina zu: »Sie sind Frau Heidenreich, nicht wahr? Ich habe mich an der Rezeption erkundigt. Das habe ich Linn schon verraten. Aber vielleicht können wir direkt zum Du übergehen. Ich bin Rosi. Heute sogar die Rosa-Rosi.« Und an ihre Begleiterin gerichtet, setzte sie hinzu: »Die Rosa-Rosi! Ist das nicht komisch, Liebelein?« Dann fuhr sie kichernd fort: »Mein Outfit stammt übrigens aus der Kollektion von Guido Maria Kretschmer – das ist ja der einzige Mann, den ich an mich ranlasse.«

»Heidenreich. Hallo«, ließ Bettina sie trocken auflaufen, während Rosi die Quarkpackung vor Linn auf den Tisch legte.

»Mein Name ist Delling, liebe Frau Heidenreich«, flötete nun plötzlich Rosis Liebelein mit erstaunlich sonorer Stimme, »es freut mich wirklich.« Bettinas Duzverweigerung hatte ihr offensichtlich imponiert.

Und Dellings Divenhaftigkeit imponierte ganz offensichtlich Bettina. »Es freut mich auch. Delling – etwa Gertraud Delling, die Schauspielerin?«

»Eben diese.« Die alternde Diva wirkte gleich noch größer, ihre Haltung war stolz und ihr Rücken durchgedrückt. »Wie schön, dass Sie mich gleich erkennen. Dabei habe ich mich aus dem aktiven Geschäft schon vor Jahren zurückgezogen. Aber man hat dann ja doch so einige Erfolge gefeiert, nicht wahr?«

»Selbstverständlich kenne ich Sie. Das ist mein Beruf. Ich leite in Köln eine Künstleragentur, da muss man auch die alte Szene kennen.«

»Ach so, die alte Szene«, wiederholte Gertraud Delling bitter. Ihr Lächeln gefror und ihr Ton verlor das Sonore.

Bettina rührte das wenig: »*Schlafes Schwester* haben Sie unter anderem gemacht. Stimmt, ich erinnere mich. Das war doch noch mit dem Felmy. Wie lange ist das her? Vierzig Jahre? Sie haben sich aber ziemlich gut gehalten.« Linn trat Bettina gegen das Schienbein. »Ich meine, Sie sehen immer noch sehr gut aus.«

»Danke. Wie ich Ihrer Begleiterin heute Nachmittag schon erklärt habe, gehe ich den UV-Strahlen wenn möglich aus dem Weg. Sonne lässt die Haut so schnell altern. Darum gehe ich nur völlig bedeckt nach draußen, auch abends. Vor allem die Hände muss man gut schützen, darum trage ich immer Handschuhe. Hier beginnen ja die meisten Karzinome, ich weiß nicht, ob Sie das wissen. Aber Schutz zahlt sich aus. Und nun lass uns setzen, Rosi. Hinten auf der Terrasse ist noch ein Tisch frei, siehst du? Neben dem Ehepaar Calatrava-Schmitz.«

»Sofort, Liebelein«, gab Rosi zurück. »Vorher muss ich die Mädels hier kurz noch was fragen.«

Linn zuckte zusammen: Sie hasste es, wenn erwachsene Frauen andere Frauen Mädels nannten.

»Seid ihr morgen beim Frauenfest in der Bucht dabei? Ihr kennt doch die Sage von den Piraten, die die das Dorf hier überfallen und alle Frauen über die Klippe ins Meer getrieben haben. Doch ein paar Tage später sind sie als Nixen zurückgekehrt und habe sich an den Kerlen gerächt! Ein riesiges Gemetzel muss das gewesen sein. Ich liebe diese Geschichte! Also eben, das ist jeden Dreizehnten im Monat. Wir sind ja extra deswegen hier. Die Dreizehn ist unsere Glückszahl. Wir wohnen jetzt sogar in Zimmer dreizehn – ein schönes, großes Zimmer. Ist eures auch so groß? Da würde glatt noch ein Kingsize-Bett reinpassen – und wir liegen ja schon in einem! Fast wie in Amerika. Wart ihr schon mal in Amerika? Egal. Jedenfalls wird das morgen bestimmt eine ganz tolle Energie am Strand, so unter Frauen.«

Heidenreich und Kegel warfen synchron die Stirn in Falten.

»Sie sind extra deswegen gekommen?«, fragte Bettina ungläubig. »Was ist denn an einem Fest nur für Frauen so besonders? Das gibt's doch überall. Das kriegen Sie auch an einem Konzert von Howard Carpendale.«

»Aber nein!«, kreischte Rosi entsetzt auf. So laut, dass nun wiederum die anderen Gäste des Restaurants irritiert zu ihnen herüberschauten.

»He! Da hinten! Geht's auch etwas leiser, das stört«, brüllte Vinzent Fischer, jetzt hörbar betrunken, zu ihnen rüber.

»Jetzt hören Sie doch mal auf«, kläffte der glatzköpfige Leo

Schmitz zurück. »Der Einzige, der mit seiner Lautstärke wirklich stört, sind Sie! Die Damen unterhalten sich doch nur.«

»Ach, halt doch deine Klappe, dich hat keiner gefragt!«, schnaubte Fischer.

Rosi flüsterte Linn und Bettina zu: »Ist dieser Kerl nicht absolut abscheulich? Und hat so einen netten jungen Freund. Unglaublich, oder?«

»Komm jetzt, Rosi«, unterbrach sie Gertraud Delling. »Wir sollten auch langsam etwas bestellen.«

»Sekunde, Liebelein, versprochen! Ich muss noch etwas zu Howard Carpendale sagen, das kann ich nicht so stehen lassen. Wisst ihr, genau solche Leute wie Howard Carpendale mit ihrem Hello-again-Geschwafel wollen doch die Gemeinschaft der Frauen patriarchalisch unterlaufen! Da wird die Energie in eine ganz falsche Richtung gelenkt – direkt in die Kapital- und Pornoindustrie.«

Bettina trat Linn unter dem Tisch ans Schienbein und raunte: »Das müssen wir jetzt nicht verstehen, oder?«

»Die stecken doch alle unter einer Decke! Carpendale, dieser Plasberg und auch der Papst. Das sind doch alles Halunken!«, echauffierte sich Rosi weiter. »Die Frauen müssen sich davon losmachen. Dafür gibt es Treffen wie das hier in der Bucht. Am Meer kann man die Verbindung zur Natur viel besser spüren. Hier sind wir Frauen eins mit den Elementen.«

»Es geht tatsächlich darum, meine Damen«, kürzte Gertraud Delling ab, denn auch ihr schien der Exkurs zu Carpendales Verbindung mit dem Papst nicht ganz schlüssig, »dass man hier die eigene Verbundenheit mit dem Ur-Weiblichen spüren kann.«

»Das Ur-Weibliche«, wiederholte Linn skeptisch und fuhr sich, Schlimmes ahnend, durch die roten Haare. »Und was soll das sein?«

»Meine liebe Frau Kegel, dass gerade Sie nicht wissen, was das Ur-Weibliche ist, erstaunt mich nicht«, antwortete die Diva pointiert. »Wie ich höre, sind Sie Schriftstellerin. Wenn eine

Frau schreibt, dann muss sie den Sinn für das Weibliche verlieren. Da arbeiten Sie ja nur mit dem Kopf. Oder wenden Sie etwa die neuesten Methoden des weiblichen Spontan-Schreibens an? Ich nehme an, nicht. Nur Arbeiten, bei denen man sich emotional und physisch hingibt, entsprechen dem Ur-Weiblichen. Alles andere sind Einflüsse des Patriarchats.«

»Na, dann leben ja wenigstens die Zwangsprostituierten ihre Ur-Weiblichkeit aus«, kommentierte Bettina trocken, was von den beiden Weiblichkeits-Anhängerinnen jedoch geflissentlich überhört wurde.

»Lünn«, fing die Kurze wieder an – »man sagt Linn«, fuhr ihr Linn Kegel dazwischen, doch ohne Erfolg –, »Lünn, Gertraud hat ganz recht. Du solltest morgen unbedingt mitkommen. Dann tanzen wir gemeinsam bei Mondschein über den Strand. Das wird deiner Weiblichkeit guttun.«

»Entschuldigung«, unterbrach Linn erneut, »ich werde mit Sicherheit nicht bei Mondschein über den Strand tanzen. Und meine Weiblichkeit ist völlig in Ordnung. Ihr glaubt doch diesen Quatsch mit dem Ur-Weiblichen wohl selber nicht. Spontan-Schreiben! Habt ihr überhaupt schon mal einen Text geschrieben? Das ist Arbeit. Abgesehen davon ist dieses spontane Schreiben keine neue Erfindung, sondern wurde schon im Sturm und Drang, im Expressionismus und im Surrealismus angewendet. Übrigens von Männern.«

»Lünn – jetzt lass es einfach emotional mal auf dich wirken«, versuchte die kurze Rosi zu beschwichtigen. »Vielleicht hast du heute zu viel Sonne abbekommen. Das ist auch so ein männliches Prinzip. In den romanischen Sprachen ist die Sonne nicht umsonst männlich: Le soleil, il sole, il sol. Aber jetzt wünschen wir euch guten Appetit. Komm, Liebelein, lass uns da drüben an den Tisch neben Calatrava-Schmitz gehen. Ui, dieser Fernando hat heute aber heftige Augenringe, das sieht ja gar nicht gut aus. Bei Spaniern sieht man das viel schneller als bei richtigen Europäern. Und Lünn, denk an den Quark!«

»Darauf kannst du wetten«, knurrte Linn den beiden hinterher. Sie wandte sich wieder Bettina zu: »Das war ja der totale Quark, was die da verzapft haben.«

Bettina löffelte die letzten Reste ihrer Suppe und grinste Linn breit an. »Schreib es auf, Frau Bestseller. So einen absurden Dialog kriegst du nie wieder geschenkt. Zwei Differenzlerinnen tanzen bei Mondschein über den Strand, um ihre Weiblichkeit zu spüren. Bestimmt auch noch nackt. Die bösen männlichen UV-Strahlen haben sich dann ja verzogen. Und dazu schwingen sie ihre Brüste und erklären den Unterschied zwischen Spanien und dem echten Europa. Thomas Mann hätte das auch in einem Roman verwurschtet, wenn die ihm die Geschichte erzählt hätten«, und mit einem süffisanten Lächeln setzte sie hinzu: »Nicht wahr, *Lünn*?«

»Ach, halt deine Klappe.«

Linn trank ihr Weinglas aus. Die Haut über ihren Wangen spannte nun doch merklich. »Und da soll mal noch einer sagen, dass der Feminismus eine einheitliche Bewegung ist. Differenzlerinnen, die nach dem Ur-Weiblichen suchen, sind doch genauso frauenfeindlich wie die klassischen Antifeministen.« Sie strich sich erneut eine widerspenstige Strähne aus dem Gesicht. »Ich meine, wo ist da der Unterschied? Beide Gruppen haben ganz klare Vorstellungen, wie Frauen zu sein haben. Wenn die Frauen das aber nicht wollen, ist mit ihnen was nicht in Ordnung. Individualität gibt's da nicht. Wusstest du das: Nietzsche war der Auffassung, dass berufstätige Frauen die ›Verhässlichung Europas‹ verschulden würden. Die Differenzlerinnen haben die Auffassung, dass denkende Frauen das Patriarchat vertreten. Wie man's dreht und wendet: Wir haben die Arschkarte und sind immer schuld – dabei sind wir bloß der Auffassung, dass jeder Mensch so leben können sollte, wie er oder sie will.«

»Wenn das mal kein Trinkspruch ist«, prostete ihr Bettina zu und lachte dreckig. »Auf uns, die wir an allen Übeln dieser Welt schuld sind! Wir sind stolz darauf und werden weitermachen!«

»Auf das Gute in der Welt! Auf die radikalen Feministinnen!« Linn schenkte sich nach. »Auf Hedwig Dohm, die uns lehrt, dass Feministinnen die humorvollsten Menschen sind! Ohne Humor müssten wir uns jeden Tag den Strick nehmen.« Sie trank ihr Glas in einem Zug leer und lehnte sich lachend zurück.

Langsam senkte sich die Sonne und warf ein blutrotes Licht über die Bucht von Las Olvidadas. In der Ferne blinkte das Licht des Leuchtturms. Das Brechen der Wellen klang nun wilder als zuvor zur Terrasse herauf. Fern am Horizont waren dunkle Wolken zu sehen und ein spürbarer Wind zog auf.

Sieht nach Sturm aus, dachte Linn. Vielleicht macht das die Menschen verrückt.

Pe servierte den beiden den Hauptgang, und Bettina bestellte noch eine Cola.

In wenigen Minuten hatte Linn ihre Thunfischpasta verschlungen. Ihr Hunger war einfach zu groß. Satt fläzte sie sich in ihren Stuhl. Nun merkte sie auch den Wein. Das Gesöff mit dem unaussprechlichen Namen hatte es ganz schön in sich. Sie fühlte sich schon ziemlich angedüdelt. So war sie ganz froh, als Bettina nun das Neueste aus der Agentur erzählte und in ihrer ausschmückenden, grenzenlos sarkastischen Art von den letzten Castings – für einen Kinofilm namens *Kurze Röcke auf Mallorca* – berichtete. Bei *Ars Artis* hatte sie inzwischen auch eine Assistentin, Annabel, eine ehemalige studentische Mitarbeiterin aus der EDITIONF-Redaktion, die voller Elan und feministischem Durchblick fast täglich ihren Macho-Schock erlitt. Über die Assistentin kam Bettina dann auf einen Ur-Ur-Onkel von Xaver zu sprechen. Dieser war Anfang des 20. Jahrhunderts von seiner Familie nach Kuba und später nach Guatemala geschickt worden, um sich dort eine neue Existenz aufzubauen, da er sein Wirtschaftsstudium nicht auf die Reihe gekriegt hatte und die Familiendynastie zu entehren drohte. Auf dem Frachter nach Guatemala, für den sich der Ur-Ur-Onkel nur noch eine Deckkarte hatte leisten können und also tagelang zwischen Türmen von Gemüse und Getreide saß, habe er eine Indio-Frau kennengelernt, die auch Annabella hieß und in Guatemala auf dem Markt Gemüse verkaufen wollte. Die Familie kaufte dem Ur-Ur-Onkel dann eine Kaffeeplantage in der Pampa, und er heiratete seine Annabella, natürlich standesgemäß zwischen Gemüsetürmen. Die beiden bekamen sechzehn Kinder. Und die Enkelin des Jüngsten war Rapperin und hatte in Mexiko gerade ihre erste Single auf den Markt gebracht.

Wahrscheinlich, dachte Linn, nachdem ihr die Inspiration zu dem Lied beim Ritt auf einem Esel gekommen war, und zwar genau in der Kurve auf der Strecke von Oaxaca nach Puerto Escondido, in der die meisten europäischen Bus-Touristen schon zum zweiten Mal kotzen müssen. Doch sie verzichtete auf die Ergänzung von Bettinas unglaublicher Familiengeschichte.

Als Pe mit dem Nachtisch kam, ließ sie sich jedoch bereitwillig Tipps für einen Ausflug nach San Sebastián geben. Und so merkten Kegel und Heidenreich erst relativ spät, dass sich nicht nur am Himmel, sondern auch am Tisch von Vinzent Fischer und Tom Boie ein heftiges Gewitter zusammenbraute.

Fischer war inzwischen richtig betrunken und ließ seiner üblen Laune nun hemmungslos freien Lauf.

»Du kannst mir noch so oft schwören, dass zwischen dir und diesem halbspanischen Loser nix läuft. Ich glaub dir kein Wort, Tom!«

Der junge Mann lachte auf. »Entweder du glaubst mir oder du lässt es eben sein. Ich hab dir gesagt, dass du nicht so viel trinken sollst. Es ist doch immer das Gleiche! Aber auf deine ewigen Eifersuchtsdramen habe ich echt keine Lust. Vor allem nicht, wenn uns das halbe Hotel zuhören kann. Erst bist du eifersüchtig auf die beiden komischen Frauen, die mir am Strand den Federball nicht zurückgeben wollten, und jetzt auch noch dieser Calatrava-Schmitz! Mit wem soll ich denn sonst noch was haben?«

Linn und Bettina schauten sich irritiert an. »Was war das?

Komische Frauen? Geht's noch? Und der Typ war eifersüchtig auf uns? Hat der noch alle Gläser in der Spülmaschine?«, fragte Bettina ungläubig.

»Der Einzige, der sich hier unpassend aufführt, bist du!«, giftete Vinzent Fischer seinen Freund an.

»Entschuldige mal«, erwiderte Tom Boie fassungslos. »Du machst mir hier die ganze Zeit schon haltlose Vorwürfe. Dabei bist du es doch, der sich durch die High Society vom Ruhrgebiet poppt!«

»Oho!«, rief Bettina. »Pe! Bring uns bitte auch noch eine Flasche Wein. Jetzt wird's hier interessant!« Linn musste grinsen. Ja, Bettina hatte schon immer gewusst, wie man aus seltsamen Situationen das Beste machte.

Um die schmalen Lippen von Vinzent Fischer zuckte es verdächtig. Dann schlug er mit der geballten Faust auf den säuberlich gedeckten Tisch, was nicht nur ein halb verschüttetes Glas Rotwein zur Folge hatte, sondern spätestens jetzt auch die Aufmerksamkeit der restlichen Gäste auf der Terrasse auf sich zog.

Rosi Kremer spießte Fischer förmlich mit ihrem wütenden Blick auf, was der jedoch nicht weiter bemerkte. Gertraud Delling hingegen musterte ihn eisig. Leo Schmitz rieb sich nervös die Glatze und sein Mann Fernando versuchte, Fischers Wutausbruch einfach zu ignorieren und weiterzuessen – jedoch so betont cool, dass es Linn schon wieder auffällig fand.

»Damit eins klar ist, Tom«, rief Fischer, »du gehörst mir! Ob dir das passt oder nicht. Wenn du meinst, mich betrügen zu müssen, wird dir das Lachen bald vergehen. Und dir da hinten auch, Calatrava-Schmitz! Was ist das überhaupt für ein beschissener Doppelname? Müssen Männer Frauen alles nachmachen? Ja ja, tu nur so, als ob du nicht zuhörst. Aber ich sage dir: Geschäft ist Geschäft! Von meinem Kleinen da lässt du deine Finger! Kapiert?!«

Fernando Calatrava-Schmitz schaute kurz zu ihm hinüber, dann schob er sich betont langsam ein Stück Schweinenackensteak in den Mund und spülte mit einem Schluck Wein nach. Seinem Mann hingegen fiel das Überhören sichtbar schwerer. Leo Schmitz saß verkrampft am Tisch, die Finger ins Tischtuch gekrallt.

Tom Boie versuchte vergeblich, Fischer zu beruhigen: »Vinz, jetzt komm mal wieder runter. Zwischen mir und Calatrava war bestimmt nie etwas. Ich kenne ihn doch kaum. Bitte sei jetzt wieder ruhig.«

»Ich soll ruhig sein?!«, fing Vinzent Fischer nun vollends an zu brüllen. »Ruhig sein?! Habt ihr beiden, du und Fernando, das seinem Mann auch gesagt, diesem glatzköpfigen Banker-Fatzke? Ja? He, Herr Schmitz! Haben sie Ihnen das auch gesagt? Ja, genau Sie meine ich, den Mittfünfziger mit dem Kassengestell. Leo Schmitz, nicht wahr? Ich kann ja verstehen, wenn Ihr Mann sich was Frischeres sucht, so wie Sie aus der Form geraten sind, aber der hier ist tabu. Du bleibst schön bei deinem Weinhandel, Calatrava!«

Leos Schmitz' Glatze war rot angelaufen. Eine dicke Ader pochte verdächtig auf seiner Stirn. Er bemühte sich, seine Angst vor Fischer nicht zu zeigen, als er hervorstieß: »Hören Sie sofort auf, hier so herumzubrüllen und falsche Anschuldigungen zu machen.«

»Falsche Anschuldigungen?« Vinzent Fischer strich sich über die goldbehängte Brust. »Oho, wir sprechen aber gewählt, Schmitz! Aber das kann ich auch: Sie haben nämlich ganz richtig vernommen, Sie Möchtegern-Bankdirektor, Sie: Weil Sie dem lieben Herrn Boie den Kredit für sein Schönheitsstudio nicht bewilligt haben, pimpert der jetzt mit Ihrem Weingott!«

»So ein Unsinn«, mischte Fernando Calatrava-Schmitz sich jetzt doch ein. »Hier pimpert überhaupt niemand!«

»Spricht ja nicht unbedingt für die Beziehung«, raunte Linn Bettina zu, die sich soeben ein weiteres Glas Wein einschenkte.

»Damit willst du es mir wohl heimzahlen, Bacchus«, schrie Fischer zurück. »Wie gut, dass du kein Geld mehr hattest! Sonst hättest du Tom das Geld für sein Schönheitsstudio gegeben. Na, zumindest das habe ich verhindert!«

»Ein Schönheitsstudio?«, raunte Bettina. »Ach deshalb sieht der Junge aus wie aus dem Katalog.«

»Ach, halt doch die Klappe, Fischer, und lass mich in Ruhe«, erwiderte Fernando Calatrava-Schmitz erneut betont ruhig. »Du hast echt schon genug angerichtet.« Fernandos Mann hingegen schnappte nach Luft, traute sich aber nicht, aufzustehen und zu Vinz Fischer hinüberzugehen und ihm eins auf die Fresse zu hauen. Offensichtlich wusste er genau, dass er jede körperliche Auseinandersetzung selbst mit dem Betrunkenen verlieren würde. Stattdessen riss er seine Serviette in kleine Stücke.

»Beachte ihn gar nicht, Leo«, stöhnte Fernando. »Der will uns doch nur provozieren. Und das gelingt ihm verdammt gut, wenn du dich weiter so verhältst.«

Vinzent Fischer hingegen war nun aufgestanden und stichelte lautstark: »Ja, ja, Bankdirektor Schmitz. Vielleicht sollten Sie auch mal eine Therapie in Erwägung ziehen. So abhängig wie Sie von Ihrem Männlein sind.«

»Vinz! Jetzt hör endlich auf und setz dich wieder hin«, versuchte Tom Boie ihn zu beschwichtigen. Und zum beschimpften Ehepaar Calatrava-Schmitz: »Es tut mir sehr leid, bitte verzeihen Sie diesen Ausbruch. Sie sehen ja, er verträgt heute einfach keinen Alkohol.« Doch damit hatte er die Aufmerksamkeit von Fischer wieder auf sich gezogen.

»Du bist doch nur ein mieses, kleines Arschloch, Tom! Dir ging es doch von Anfang an nur um meine Kohle und um meine Spielhölle. Aber weißt du was: Ich werde dir schon noch zeigen, was du davon hast.« Vinzent Fischer schenkte sich noch ein Glas Rotwein ein, leerte es in einem Zug und fügte mit Blick auf Kremer und Delling an: »Und ihr Weiber da hinten braucht gar nicht so blöd zu glotzen! Das passt nicht zu einer Diva, oder, Delling?« Der letzte Satz triefte nur so vor Sarkasmus.

»Bilden Sie sich bloß nichts ein. Ihr Privatleben interessiert hier niemanden«, keifte die rosa Rosi und »Tss, tss«, schob Gertraud Delling nach, »wie kann man nur so ungehobelt sein.«

Linn hatte das Gefühl, dass Vinzent Fischer kurz davor stand, auf Tom einzuschlagen. Schon am Strand hatte er auf sie gewalttätig gewirkt. Jetzt war er zu stark alkoholisiert, um sich noch lange unter Kontrolle halten zu können.

»Das meinst du doch alles nicht ernst, Schatz, du führst dich hier auf wie ein Berserker«, versuchte Tom die Situation durch ein Lachen zu entschärfen. »Und jetzt setz dich wieder hin.«

»Von euch allen«, lallte Fischer nun, »habe ich so was von die Schnauze voll. Gut, dass wir morgen hier weg sind. Dann bin ich eure blöden Fressen los! Da drauf werde ich morgen Abend eine große Party steigen lassen!«

»Was meint er bloß?«, raunte Linn Bettina zu. »Als ob der alle hier kennen würde.«

Sämtlichen Gästen auf der Terrasse war es durchaus klar, dass Fischer gleich richtig ausrasten konnte. Das hatte auch Hotelier Baumann mitgekriegt, der nun aus der Lobby gestürmt kam und sich in seiner ganzen Größe neben ihm aufbaute.

»So, Freundchen, das war's jetzt. Du hattest deinen Auftritt. Du kommst jetzt mit und gehst brav in dein Zimmer.«

»Wer sagt das? Du? Ausgerechnet du?!«, schnaubte Fischer und kippte mehr Rotwein in sich hinein.

»Ja, *ich* sage das, Freundchen. Und ich diskutiere nicht. Also mach, dass du aufs Zimmer kommst.«

Fischer sah den stiernackigen Baumann durch sein leeres Glas an. Er dachte ganz offensichtlich nicht daran, der Aufforderung Folge zu leisten. Das merkte auch Baumann, packte seinen Gast ohne Umschweife und drehte ihm gekonnt den Arm auf den Rücken. Dann führte er den schreienden und fluchenden Mann ins Haus.

»Ich bring dich um!«, schrie Vinzent Fischer in Richtung seines Freundes. »Tom Boie! Wenn du es so weitertreibst, bring ich dich um! Das hast du dann davon!«

Dann war er mit Georg Baumann verschwunden.

»Vielleicht noch jemand einen Wunsch?«, fragte Pe, sichtbar verunsichert. Offenbar hatte sie den Streit aus der Küche mitverfolgt. Doch die Gäste schüttelten nur den Kopf.

Der Himmel über dem Hostal de las Rocas verdunkelte sich merklich. Der Wind war noch stärker geworden, in der Ferne hörten die Gäste bereits das dumpfe Grollen von Donner.

»Sieht nach Sturm aus«, bemerkte Bettina und tauchte ihren Löffel in die *Crema Catalana*. Linn sah sie versonnen an.

»Hoffen wir mal, dass es nur das ist.«

Schattenspiele

Der Raum war dunkel, fast schwarz. Der Schatten wartete. Still, im Schutz eines großen Schranks, stand er bewegungslos da. Regungslos. Doch seinen Gedanken ließ er freien Lauf. Er dachte an Rilke. An den Panther. Warum aber gerade jetzt? Der Schatten blieb weiterhin reglos stehen. Das Bild des eingeschlossenen Panthers wollte ihm nicht aus dem Sinn – die Freiheit und Welt vor Augen, doch selber hinter Gitterstäben gefangen. Das passte nur zu gut.

»Sein Blick ist vom Vorübergehen der Stäbe
so müd geworden, dass er nichts mehr hält.
Ihm ist, als ob es tausend Stäbe gäbe
und hinter tausend Stäben keine Welt.«

Auch der Schatten hatte das Gefühl, sich die ganze Zeit innerlich im »allerkleinsten Kreise« gedreht zu haben. Jetzt aber war es Zeit für das Ausleben des »großen Willens«. Die Zeit der Betäubung war zu Ende. Gleich würde der Kerl durch diese Tür treten. Und dann: Wehe ihm, wenn ihn die Pranke des freigelassenen Panthers traf.

Wäre es nicht so dunkel gewesen im Raum zur Terrasse, man hätte ein Grinsen auf dem Gesicht des Schattens gesehen. Doch sogleich versagte sich der Schatten jede menschliche Regung.

Er hörte ihn kommen.

Böses Erwachen II

Linn richtete sich im Bett auf und starrte auf den Radiowecker, der neben ihr auf dem Nachttisch stand. 02:48. Sie war doch gerade erst eingeschlafen. Warum war sie schon wieder wach?

Ihr Kopf hämmerte. Es war wohl wirklich zu viel Wein gewesen.

Lange hatte sie gar nicht gewusst, wie sie mit ihrem Sonnenbrand liegen sollte. Und ihre Zimmer- und Bettgenossin Bettina hatte sich, wie zu erwarten, nicht gerade rücksichtsvoll benommen. Als Linn im Bad war, um den Sonnenbrand zu verarzten, hatte Bettina drei Viertel des Bettes für sich belegt. Da blieb nur noch wenig Spielraum.

Bettina hatte sich auch durch einen Blick in Linns Gesicht nicht davon überzeugen lassen, ein paar Zentimeter zu rücken, aber natürlich ein paar blöde Sprüche losgelassen, das war ja klar: »Oh, du siehst aus wie in Quark gegossen« und »Manche erzählen Quark, du trägst ihn im Gesicht.«

Doch was hatte sie jetzt aufgeweckt? War etwas passiert? War da nicht ein Geräusch gewesen? Vielleicht hatte sie das aber auch nur geträumt. Sie horchte in die Dunkelheit. Draußen regnete es in Strömen. Bis auf die Blitze, die ab und zu hell aufleuchteten, war die Nacht rabenschwarz. Von ferne donnerte es.

Sie wollte gerade wieder ihre Augen schließen und versuchen, weiterzuschlafen, als ein markerschütternder Schrei die Stille durchbrach. Linn fuhr hoch und rüttelte an Bettinas Schulter.

»Heidenreich, wach auf! Da ist was passiert.«

»Lass mich. Schreib deinen Krimi allein«, murmelte es unter der Decke hervor.

»Im Ernst, wach jetzt auf!«

»Du kannst mich mal.«

Linn konnte über so viel Ignoranz nur den Kopf schütteln. »Du würdest wohl sogar liegen bleiben, wenn das Hotel in Flammen steht.«

»Das Hostal«, kam es aus der Decke, »es ist ein Hostal.«

Linn rannte in den Flur hinaus. Doch schon nach wenigen Schritten hielt sie an. Ihr Gesicht war immer noch mit Quark beschmiert. Mit einer gezielten Bewegung wischte sie sich mit dem Ärmel ihres T-Shirts die Reste ab. In voller Protein-Montur wollte sie dann doch niemandem begegnen, egal was geschehen war. Soviel Eitelkeit besaß sie dann doch.

Im Rezeptionsbereich brannte Licht. Linn erreichte die Halle gerade rechtzeitig, um den nächsten Schrei als Hilferuf von Daphne zu identifizieren, die panisch in der Mitte des Bistros stand.

»Was ist denn passiert?«, fragte Linn und stürzte auf sie zu. In dem Moment erschienen auch Pe und Schorse.

Daphne blickte verwirrt. Ihr schönes Haar war zerzaust, doch auch zu dieser nächtlichen Stunde war sie perfekt geschminkt und trug immer noch ihre Hausmädchenuniform. Linn fand das seltsam, richtete dann aber ihre ganze Aufmerksamkeit auf den Mann, der ausgestreckt am Boden lag.

»Er ist tot!«, rief Daphne hysterisch. »Er ist tot!«

Und nun sah Linn, von wem sie sprach: Vinzent Fischer lag mit dem Gesicht nach unten auf dem Fußboden. Sein Hinterkopf eine einzige klaffende Wunde.

»Ich hörte ein Geräusch, eine Art stumpfen Schlag, und dann fiel etwas um«, schluchzte Daphne. »Da bin ich ins Bistro gelaufen. Er ist ermordet worden!«

»Niemand rührt sich von der Stelle!«, befahl Georg Schorse Baumann. »Wir dürfen keine Spuren verwischen. Pe, ruf sofort die Polizei!«

»Auf dem Boden sind Pfützen«, bemerkte Linn. »Seine Sachen sind völlig durchnässt. Er muss von draußen gekommen sein, es regnet immer noch in Strömen.«

»Gut beobachtet«, erwiderte Baumann. »Sonst noch was?«

Linn schaute sich noch einmal um. »Hier sind verdammt viele Blutspritzer auf dem Boden. Er wurde also hier erschlagen.«

Baumann nickte anerkennend. »Und ich weiß auch schon, was die Tatwaffe war«, ergänzte er und hob mit einem Taschentuch einen Kerzenleuchter an, der auf einem der Esstische stand. Es blitzte. Um den Kerzenleuchter herum hatte das weiße Tischtuch rote Flecken bekommen.

»Fischers Blut, die Unterseite des Kerzenleuchters ist voll davon.«

»Mord im Esszimmer, mit dem Kerzenleuchter«, murmelte Linn, »aber durch wen?«, und kam sich fast vor wie bei Cluedo.

Es donnerte fast unmittelbar über ihnen. Die Klippe von Las Olvidadas lag jetzt im Zentrum des Unwetters.

»Das Telefon ist tot.« Lautlos war Pe wieder in das Bistro zurückgekehrt. »Der Sturm hat die Leitungen beschädigt. Und auch mein Handy hat keinen Empfang.«

»Verdammt!«, kommentierte Georg Baumann. »Dann können wir die Polizei vergessen ...«

»Dann müssen wir eben zum Parkplatz und mit dem Auto Hilfe holen«, schlug Daphne vor. Sie hatte sich auf einen Stuhl gesetzt und blickte den Hotelbesitzer mit weit aufgerissenen Augen an.

»Auch das können wir vergessen«, antwortete Baumann. »Bei dem Wetter ist der Küstenpfad zu gefährlich, er kann jeden Moment abrutschen. Wir werden den Tatort fotografieren und möglichst viele Spuren selber sichern.«

»Du bist wohl ein Fan von CSI«, sagte Linn, doch da hatte Georg Baumann bereits sein Handy gezückt und begonnen, Fotos von der Leiche, der Tatwaffe und den Spuren auf dem Boden zu machen.

»Hast du etwas gegen CSI? Manchmal kann man vom Fernsehen durchaus lernen. Solltest du auch mal probieren.«

»Oh, mach dir um meine Fernsehbildung keine Sorgen«, meinte Linn trocken.

Aus dem Treppenhaus waren die Stimmen von Leo Schmitz und seinem Mann Fernando zu hören. »Was ist denn hier für ein Geschrei?«, fragten die beiden wie aus einem Mund, als sie unten ankamen. Der glatzköpfige Banker und sein halbspanischer Mann trugen hellblaue Morgenmäntel im Partnerlook.

Auch Gertraud Delling hatte das Bistro betreten, wie immer in ein weites, edles Gewand gehüllt.

»Ich habe Schreie gehört. Ist etwas passiert?«

»Könnte man sagen«, übernahm Linn die Aufklärung der Situation. »Vinzent Fischer ist tot.«

»Was ist passiert?«, schrie nun auch Tom Boie, der wie aus dem Nichts auf den Leichnam zustürzte. Baumann hielt ihn grob davon ab.

»Stehen bleiben und nichts anfassen!«

»Aber das ist mein Partner, der da liegt!«, schrie Tom. »Wer war das? Wer hat das getan?«

»Wissen wir nicht«, sagte Pe. »Daphne hat ihn gefunden. Er wurde mit einem Kerzenleuchter niedergeschlagen.«

»Ich habe hier unten ein Geräusch gehört«, erklärte diese. »Es klang, als wäre etwas umgefallen. Da wollte ich nachsehen. Dann sah ich, dass die Tür zur Terrasse offen stand und dass etwas auf dem Boden lag. Und das war Fischer. Schrecklich!«

Inzwischen waren auch Bettina im weiten Männerpyjama und Rosi Kremer in ihrem rosa Jogginganzug erschienen. Beide gähnten demonstrativ.

»Ein Mord, das ist ja furchtbar«, sagte Gertraud Delling. »Hat schon jemand die Polizei gerufen?«

»Nein«, erklärte nun Linn. »Die Leitung ist tot. Funktionieren Ihre Handys?«

»Das könnt ihr vergessen«, sagte Baumann. »Wenn der Blitz

den Sendemast getroffen hat, haben wir keine Chance. Einen guten Empfang gab es hier noch nie. Bei Sturm schon gar nicht.«

»Aber wir müssen doch irgendetwas tun können«, meinte Leo Schmitz.

»Momentan«, erwiderte Baumann, »können wir nur warten, bis der Sturm aufhört. Und dann wollen wir hoffen, dass der Weg von der Halbinsel zum Parkplatz nicht weggeschwemmt wird. Am besten, ihr geht jetzt alle wieder auf eure Zimmer und schließt euch ein.«

»Das wird nicht nötig sein«, schnatterte Rosi Kremer dazwischen. »Ich weiß, wer es getan hat.«

Erstaunt wendeten sich ihr alle Blicke zu.

»Sehen Sie nicht die Pfützen überall?«, erklärte Rosi. »Das sind ganz eindeutig Spuren aus dem Meer. Es waren die Nixen! Sie haben Fischer geholt. Die mögen keine Brutalos und protzigen Testosteronschleudern. Die Nixen haben sich gerächt. Das haben sie früher bei den Piraten gemacht und tun es auch heute. Sie sind wieder da.«

»So ein Unsinn«, murmelte Linn und schüttelte den Kopf.

»Das finde ich allerdings auch«, sagte Fernando Calatrava-Schmitz laut. »Viel wahrscheinlicher ist doch, dass es einer von uns war. Einer, der ein Motiv hatte.«

Die Augen richteten sich auf Tom Boie, der bis eben stumm auf Fischers Leiche gestarrt hatte und nun den Kopf hob. »Wie? Ich soll es gewesen sein?«

»Wir haben alle mitbekommen, wie Sie sich gestern Abend gestritten haben.« Leo Schmitz hatte das Wort ergriffen. »Wir alle waren Zeugen, wie Fischer Sie bedroht hat. Da sind Sie ihm zuvorgekommen.«

»Vinz war immer so, wenn er zu viel getrunken hatte. Aber ich habe ihn doch nicht umgebracht! Das habe ich nicht!« Tom Boie schnappte nach Luft. »Ich will sofort mit meinem Anwalt sprechen! Mein Flug ist für morgen Nachmittag gebucht. Ich will nach Deutschland zurück.«

»Wie kommt es eigentlich, dass Daphne und Sie, Boie, mitten in der Nacht noch vollständig angezogen sind?«, fragte Bettina.

»Oh, ich war noch gar nicht im Bett. Die Küche macht sich ja schließlich nicht von allein«, antwortete Daphne.

Bettina fuhr mit Blick auf den jungen Mann fort: »Und Sie, Tom: Ziehen Sie sich immer erst an, wenn Sie Schreie hören? Und warum haben Sie nicht mitbekommen, dass Ihr Freund das Zimmer verlassen hat?«

Boie blickte sie irritiert an. »Erstens: Ich schlafe nackt. Soll ich im Adamskostüm durchs Haus laufen? Das hätten Sie wohl gern!«

»Nur das nicht«, stöhnte Rosi Kremer.

»Na ja …«, ergänzte Bettina.

»Und zweitens: Ich schlafe mit Oropax und sehr tief. Ich bin erst durch die Schreie aufgewacht. Und überhaupt, was soll dieses Verhör! Der dort liegt, ist mein Freund! Mein Lebensgefährte! Einfach lächerlich, dass Sie mich verdächtigen! Sie können mich hier nicht festhalten.«

»Ich fürchte«, griff nun Georg Baumann ein, »das müssen wir sogar. Jedenfalls, solange wir die Polizei nicht erreichen können. Ihren Flug können Sie erstmal vergessen. Ich werde Sie in Ihrem Zimmer einschließen. Morgen sehen wir dann weiter.«

»Das können Sie nicht mit mir machen! Das ist eine Verschwörung. Sie sind alle gegen mich!«, schrie Boie. Doch gegen den starken Arm des stiernackigen Hotelbesitzers hatte er keine Chance.

»Wer soll es denn sonst gewesen sein, wenn nicht Sie?«, fragte Fernando. »Ich war die ganze Zeit mit Leo zusammen. Und ich nehme an, dass sich Frau Kremer und Frau Delling gegenseitig ein Alibi geben können. Ebenso wie Frau Kegel und Frau Heidenreich und Herr Baumann und Frau Knaus.«

»Stimmt!«, mischte sich Rosi ein. »Gertraud und ich sind sofort nach dem Essen in unser Zimmer hoch, und wir sind auch sofort eingeschlafen. Erst der Lärm hat mich geweckt.«

»Bleiben also nur Sie übrig, Tom«, schlussfolgerte Fernando.

»Und Daphne«, ergänzte Linn und kratzte sich am Kinn.

»Ich?«, rief die Köchin entsetzt. »Ich war es aber nicht! Ich habe doch gerade erklärt, dass ich zuerst noch die Küche aufräumen musste. Danach bin ich in mein Zimmer, aber ich hatte noch keine Lust, ins Bett zu gehen.«

»Das kann ich sogar bezeugen«, griff Pe ein. »Daphne wohnt direkt neben mir. Ich habe nach dem gestrigen Abend nicht schlafen können. Die Wände sind schrecklich dünn, da kriegt man einfach alles mit. Und ich kann Ihnen sagen: Daphne war die ganze Zeit in ihrem Zimmer.«

»Wie können Sie da so sicher sein? Vielleicht sind Sie doch kurz eingeschlafen«, hakte Linn nach.

»Ich bin mir absolut sicher. Ich habe Daphne noch bis ungefähr Viertel vor drei tippen gehört.«

»Das stimmt«, pflichtete die Köchin bei. »Bei Gewitter fürchte ich mich. Da habe ich Mails geschrieben. Das kann ich der Polizei auch beweisen.«

»Außerdem quietscht Daphnes Tür«, fuhr Pe fort, »und das Quietschen habe ich erst kurz vor dem Schrei gehört. Sie war vorher also definitiv in ihrem Zimmer.« Sie sah Georg Baumann auffordernd an: »Sag doch auch mal was dazu, Schatz.«

Schorse zuckte nur mit den Achseln. »Wird wohl so gewesen sein. Ich habe geschlafen.«

Linn warf die Stirn in Falten. Pe wusste aber wirklich ziemlich genau, was sich im Nebenzimmer abgespielt hatte – im Gegensatz zu ihrem Freund Baumann, der von alledem offenbar nichts mitbekommen hatte. Schlief der woanders? Für ihren Geschmack wusste Pe das alles zu genau. Daphnes weitaufgerissene Augen hingen hingegen dankbar an ihrer Chefin.

Der Verdacht blieb damit vorerst an Tom Boie hängen. Aber warum sollte er seinen Lebensgefährten hier unten im Bistro erschlagen, wo sie sich doch ein Zimmer teilten? Linn schob den Gedanken beiseite. Bis die Telefonverbindung zum Festland wieder funktionierte, würde Tom Boie eingeschlossen bleiben. Danach konnte sich die Polizei um ihn kümmern. Der massige Baumann riet auch allen anderen Gästen, sich nun zurückzuziehen.

»Versuchen Sie, zu schlafen«, riet Pe ihren Gästen. »Schorse und ich kümmern uns hier um alles. Morgen sieht die Welt schon wieder anders aus.« Dann löste sich die nächtliche Versammlung auf.

»Was hältst du denn von der ganzen Sache?«, fragte Bettina Linn, als die beiden wieder auf ihrer Stube waren und die Tür hinter sich abschlossen. »Die Kremer hat sie ja wohl nicht mehr alle! Diese Nixen sind gekommen, um sich an Vinzent Fischer zu rächen? Das glaubt die doch wohl selber nicht, oder?«

Linn sah nachdenklich aus. Gedankenverloren zog sie einen Mundwinkel nach oben und starrte vor sich hin. Das tat sie immer, wenn etwas sie beschäftigte.

»Nixen oder nicht«, antwortete sie schließlich. »Der Mord ist jedenfalls kein Märchen. Huere Siech.«

Frühstücks(geschr)ei

Heidenreich und Kegel schliefen in dieser Nacht kaum. Entweder wälzte sich die eine hin und her, oder die andere zerrte an der gemeinsamen Decke. Draußen tobte der Sturm, Blitze und Donner erschütterten die kleine Halbinsel von Las Olvidadas.

Und immer wieder kehrte die seltsam unwirkliche Erinnerung an den Mord zurück. Vinzent Fischer, der eifersüchtige Brutalofreund von Tom Boie, war tot und würde es auch nach dieser Nacht bleiben. Von einem erholsamen Urlaub in der Einsamkeit Nordspaniens konnte keine Rede mehr sein.

Am nächsten Morgen gingen die beiden dementsprechend unausgeschlafen in die Eingangshalle. Es regnete immer noch in Strömen.

»Irgendwo müssen die ja Frühstück machen. Wir bezahlen schließlich dafür!«, hatte Bettina muffig gebrummt. Tatsächlich roch es schon im Treppenhaus nach frischem Kaffee, und zu ihrem Erstaunen sah das kleine Bistro aus, als wäre in der vergangenen Nacht rein gar nichts geschehen. An den kleinen Tischen saßen bereits die anderen Gäste: Ein offensichtlich gutgelaunter Fernando Calatrava – sogar seine Augenringe waren sichtlich weniger dunkel als gestern noch – samt seinem Gatten Leo Schmitz, am Nebentisch die beiden Differenzialistinnen, und auch Pe hatte es sich mit Kaffee und Zeitung gemütlich gemacht. Wirklich mitgenommen von den zurückliegenden Ereignissen schien niemand. Nur von Tom Boie war nichts zu sehen, er blieb weiterhin in seinem Zimmer eingeschlossen.

Gleichzeitig mit Kegel und Heidenreich betrat auch Schorse

Baumann das Bistro, in der Hand ein großes Tablett mit Müsli und Brötchen, das er vor Fernando abstellte.

»Wo ist denn die Leiche geblieben?«, fragte Bettina und sah sich verwundert um. »Wurde der Fischer zum Nixen-Imbiss? Apropos, wir wollen auch was essen. Bitte zweimal Brötchen, Marmelade, Käse, O-Saft und viel Kaffee.«

»Beides geht in Ordnung, setzt euch hin. Kaffee und Brötchen stehen schon da«, erwiderte Georg, der offensichtlich heute den Kellner gab. »Da leider nicht anzunehmen ist, dass die Polizei in den nächsten Stunden kommen kann, habe ich den Tatort fotografiert und die Leiche in den Schuppen gebracht.«

»Womit auch noch die letzten Spuren verwischt wurden. Ich dachte, du bist ein Fan von CSI? Wie soll die Polizei denn so noch was finden können?«, fragte Linn ungläubig.

»Ich übernehme die volle Verantwortung dafür«, antwortete Georg. »Aber das Geschäft lasse ich mir wegen diesem aufgeblasenen Kerl nicht über seinen Tod hinaus vermiesen.«

Linn wollte gerade nachfragen, was genau er damit sagen wolle, da mischte sich Pe ein.

»Stimmt«, nickte sie und sah von ihrer Zeitung auf. Linn fiel auf, dass sie in der vom letzten Sonntag las. »Es wäre eine Zumutung für unsere Gäste, mit einer Leiche leben zu müssen, die offen vor aller Augen mitten im Bistro rumliegt und vor sich hin stinkt, weil die Polizei sie nicht holen kann.«

»Das finde ich allerdings auch!«, pflichtete Fernando bei und biss unpassenderweise herzhaft in ein Mett-Brötchen.

»Wie sieht es denn mit der Straße aus?«, fragte sein Gatte. »Wann können wir Hilfe holen?«

Baumann zuckte nur mit den massigen Schultern. »Ich habe heute früh versucht, durchzukommen. Keine Chance. Der Küstenweg ist zur Hälfte weggesackt. Schauen Sie doch nur mal raus, wie das regnet! Der Gang über die Klippen wäre purer Selbstmord.«

»Das Telefon ist auch immer noch tot«, ergänzte Pe. »Aber

nicht, wie wir dachten, wegen einer defekten Leitung: Jemand hat die Kabel durchgeschnitten.«

»Jemand hat *was* getan?«, fragte Linn.

»Na, die Kabel durchtrennt! Die sind kaputt«, wiederholte Pe.

»Und das Handy funktioniert auch immer noch nicht«, sagte Leo Schmitz. »Wir sitzen in der Falle.«

Linn schüttelte den Kopf. In was für eine absurde Situation war sie da nur hineingeraten? Sie wandte sich wieder an den Hotelier: »Schorse, du willst uns doch nicht im Ernst erzählen, dass es keine Möglichkeit gibt, Kontakt zum Festland aufzunehmen! Jedes Schiff verfügt doch mindestens über ein paar Leuchtraketen. Und ihr habt hier im Hotel gar nichts?«

Wieder zuckte Georg Baumann mit den massigen Schultern und schenkte sich ebenfalls einen Kaffee ein. »Sobald der Regen nachlässt, versuche ich, durchzukommen. Ich habe eine gute Ausrüstung hier. Dann wird hoffentlich auch bald das Handynetz wieder funktionieren.«

»Seltsam«, kommentierte Bettina und kramte auch ihr Handy aus der Tasche. »Ich habe noch nie gehört, dass der gesamte Empfang zusammenbrechen kann.«

»Ich sage doch, es waren die Nixen!«, mischte sich Rosi ein. »Darum funktioniert auch die Technik nicht mehr. Die Rache des Ur-Weiblichen löscht alle Zeichen des Patriarchats aus.«

»Jetzt hört doch mal bitte auf mit diesem differenzlerischen Quatsch«, herrschte Linn sie an. »Wir sitzen mit einem Mörder in einem Haus und du faselst was von der Rache des Ur-Weiblichen! Benutz doch zur Abwechslung mal deinen Kopf. Aber mit der Vernunft hast du es ja nicht so.«

»Pffffü«, sagte Rosi eingeschnappt. »Dieser Brutalo war ein Spielhöllenbetreiber. Das hat er gestern beim Abendessen selber gesagt. Da passt alles zusammen.«

»Kein Wunder, dass sich der Junge hat wehren müssen«, murmelte Leo Schmitz, Rosis Nixen-These komplett ignorierend. »Der arme Junge!«

»Wie, armer Junge?« Fernando lachte auf. »Gestern noch traust du mir eine Affäre mit ihm zu und heute ist er der arme Junge?«

»Gestern ist ja auch noch kein Mord passiert gewesen! Heute weiß ich, dass nichts zwischen euch war.«

Fernando konnte nur noch den Kopf schütteln.

»Wie können Sie so sicher sein, dass Tom Boie diesen Fischer erschlagen hat?«, fragte Linn den glatzköpfigen Leo, während sie sich Kaffee nachschenkte. »Es könnten de facto alle von uns gewesen sein.«

»Wie bitte?«, mischte sich nun auch Pe ein. »Wie kommen Sie darauf? Wir haben doch gestern schon über unsere Alibis – so nennt man das doch? – geredet. Wir kannten den Herrn Fischer ja gar nicht.«

»Lüge!«, rief Rosi Kremer von ihrem Bistro-Tischchen. »Du zumindest kennst Tom Boie. Ich habe euch gestern an der Rezeption gehört. Das klang sehr vertraut.«

»Ach, jetzt lauschen Sie auch noch!«, wetterte Bettina. »Ist das eine Folge der Ur-Weiblichkeit?«

Rosi zog beleidigt eine Schippe.

»Sag's Ihnen«, meinte Georg Baumann zu Pe. »Sie können es ruhig wissen. Wir haben nichts zu verbergen.«

»Na gut«, räumte sie ein, »Tom ist mein kleiner Bruder. Und genau darum weiß ich auch, dass er mit dem Mord nichts zu tun hat! Mir ist zwar schleierhaft, warum, aber er hatte für diesen Fischer wirklich etwas übrig. Schlimm genug. Aber ich habe es akzeptiert. Ermordet hat er ihn nicht. Und ich auch nicht, das kann Schorse bezeugen.«

Auf Gertraud Dellings Gesicht erschien ein triumphierendes Lächeln. »Aber damit hätten Sie ein Motiv, meine Liebe. Dieser Brutalo ist mit Ihrem Bruder nicht gerade nett umgegangen.« Ihre Lebensgefährtin fiel ihr ins Wort: »Liebelein, lass das doch. Die Nixen waren's, ich sage es dir.«

»Das hätten Sie wohl gerne, Frau Delling«, erwiderte Pe.

»Das würde Ihnen so passen, wenn der Verdacht auf mich fällt. Schön weit weg von Ihnen!«

»Von mir? Was um Himmels willen sollte ich denn mit Vinzent Fischer zu tun haben?«

Delling war nun ganz die Diva, saß betont entspannt auf ihrem Stuhl und begleitete ihre Worte mit den großen Bühnengesten der Sechzigerjahre. Ihr langes Kleid tat das Seine dazu und verlieh diesem Auftritt etwas Filmhaftes.

»Och, da könnte ich mir einiges vorstellen«, sagte Bettina kauend. Alle Augen richteten sich erstaunt auf sie. Doch sie kaute in Ruhe zu Ende und nahm einen Schluck Orangensaft. Erst dann fügte sie erklärend hinzu: »Na ja: Ich führe eine Künstleragentur in Köln. Böse Zungen nennen diese Agentur auch ein Epizentrum für boshaften Tratsch. Wie dem auch sei, man kriegt da so einiges mit. Wie zum Beispiel, dass Sie eine ganze Zeit spielsüchtig waren. In den frühen Zweitausendern waren Sie deshalb doch sogar in stationärer Therapie. Wer sagt uns denn, dass das heute nicht mehr der Fall ist? Spielsucht und Spielhölle passen doch sehr gut zusammen.«

»Das ist eine Unverschämtheit«, flüsterte die Diva, jede Silbe scharf wie ein Dolch. »Wie können Sie es wagen!«

»Oh, da gibt es aber noch jemanden, der Fischer gekannt hat.« Georg Schorse Baumann sagte das mit völliger Ruhe und Gelassenheit. Er wuchtete seinen schweren Körper auf einen der Barstühle am Tresen und zog ein Stück Papier aus seiner Hosentasche. »Das wurde heute Nacht unter meiner Tür durchgeschoben. Herr Calatrava, wollen Sie uns vielleicht etwas sagen?«

Fernando Calatrava-Schmitz stocherte in seinem Frühstücks-Müsli. »Ich?«

»Ja, Sie. Sie hatten Schulden bei Fischer, nicht wahr? Erzählen Sie doch mal was über dieses *Austridivine*?«

Der Halbspanier rang um Fassung.

»Nando!«, rief Leo Schmitz. »Sag, dass das nicht wahr ist! Nicht das auch noch!«

Fernando wandte sich seinem Gatten zu: »Es ist aber wahr. Ich brauchte dringend Geld, das Geschäft lief schlecht. Vinz Fischer hat mir zu einer Investition geraten – todsicher sei sie, hat dieses Arschloch gesagt. Das Geld dazu hat er mir geliehen. Am Ende war alles nur Fake. Er hat mich reingelegt und wollte doppelt kassieren. Aber getötet habe ich ihn deswegen nicht! Auch wenn mich sein Tod alles andere als traurig macht, das gebe ich gerne zu.«

»Vinz! Du nennst ihn auch noch *Vinz*?«, klagte Leo Schmitz. »Du vertraust mir also nicht. Sonst hättest du mir längst davon erzählt.«

Fernando verdrehte die Augen. »Jetzt fang nicht schon wieder damit an. Ist dir schon mal in den Sinn gekommen, dass ich dir *genau deswegen* nichts mehr von meinen Finanzen erzähle? Weil du immer sofort eingeschnappt bist?!«

Linn versuchte das Thema zu wechseln und fragte, seit wann Boie und Fischer denn eigentlich schon im Hotel wohnten.

»Seit vier Tagen«, antwortete die Hotelbesitzerin. »Genau wie alle anderen. Sie und Frau Heidenreich sind als einzige gestern erst angekommen.«

»Und daher, liebe Mitgäste, fallen Linn und ich als Täterinnen weg.« Bettina grinste breit und belegte sich ein weiteres Brötchen mit Käse. »Denn wir wollen doch mal annehmen, dass es ein geplanter Mord war, der also aus einem bestimmten Grund passierte. Man bringt ja schließlich nicht einfach so jemanden um. Menschen denken sich doch was bei ihrem Tun.«

»Schön wär's«, murmelte Linn mit einem Blick auf Rosi Kremer, fügte dann aber hinzu, dass sie beide weder den Toten noch Tom Boie gekannt hätten. »Wir haben Fischer und seinen Freund gestern am Strand zum ersten Mal getroffen. Und das hat schon gereicht.« Diese Marmeladebrötchen schmeckten wirklich gut.

»Na, wer weiß!«, stichelte Gertraud Delling. »Woher sollen wir denn wissen, dass Sie die Wahrheit sagen? Vielleicht wollten

Sie, liebe Frau Kegel, auch einfach selber mal einen Mord begehen, und zwar in der Realität und nicht immer nur auf dem Papier. Auch das wäre ein Tatmotiv!«

Die Blicke wandten sich nun alle Linn zu.

»Ach was, wahrscheinlich war es doch nur ein Beziehungsdrama, und wir haben den Schuldigen längst«, lautete Fernando Calatravas These. »Wir haben es gestern Abend alle mitbekommen, dass Fischer völlig durchgeknallt war. Und er hat viel getrunken. Vielleicht ist er mit Boie abends noch mal spazieren gegangen, um seinen Rausch auszulüften, und beim Rückweg ist Fischer wieder übergeschnappt. Da hat Boie nach dem erstbesten Gegenstand gegriffen, hat den Leuchter erwischt und zugeschlagen.«

»Und ich sage Ihnen, dass mein Bruder das niemals tun würde!« Pe war aufgesprungen. »Sie sind alle auf dem falschen Dampfer. Sie werden das schon noch merken! Und dann: Wer geht denn bei diesem Wetter nachts da draußen spazieren? Das ist doch völlig absurd.« Damit verschwand sie in der Küche.

»Meinst du, sie bringt frischen Kaffee mit, wenn sie wiederkommt?«, fragte Bettina kauend und Linn verdrehte die Augen.

Wahrheiten und andere Lügen

Nach dem Frühstück blieben Linn und Bettina am Tisch sitzen. Auch als alle anderen schon längst in ihren Zimmern verschwunden waren. Linns Haut an Armen und Beinen spannte wegen des Sonnenbrandes noch ein bisschen. Ihrem Gesicht ging es dagegen schon besser. Ob sie es zugeben wollte oder nicht: Der Quark hatte geholfen. Trotzdem hatte Rosi Kremer sie heute Morgen schon wieder mit ihrem Gefasel zur Weißglut gebracht.

»Die Einzige, die noch nicht weiter unter die Lupe genommen wurde, ist Daphne«, meinte Linn nach einer Weile. »Ob die auch etwas zu verbergen hat?«

»Darauf kannst du die Tantiemen deiner Bücher verwetten.« Bettina konnte sich ein Grinsen nicht verkneifen und schnippte betont unauffällig eine Brotkrume von der Tischdecke.

Linn stutzte und schaute verwundert. »Was soll das denn heißen?«

»Na ja«, setzte Bettina an und rutschte auf ihrem Stuhl herum, »Daphne hat tatsächlich was zu verbergen. Und ich habe das vielleicht auch.«

»Aha? Jetzt sag bloß nicht, Daphne ist die verschwundene Schwester von Xavers Grundschullehrerin.«

»Quatsch! Das hätte ich dir doch erzählt! Wobei«, Bettina zögerte und musste wieder grinsen, »so ganz falsch liegst du auch wieder nicht.«

»Jetzt rück schon raus mit der Sprache! Was wird hier gespielt?«, fragte Linn ungeduldig.

»Na gut. Aber versprich mir, dass du nicht sauer wirst. Also ehrlich gesagt ist das doch nicht so ein Zufall, dass wir gerade an diesem Ort Urlaub machen.«

»Nicht?«

»Nein. Ich habe den Tipp zwar von Aziz bekommen, aber das ist nur die halbe Wahrheit.«

»Sag bloß, du wolltest hierhin, um Vinzent Fischer umzubringen! Dann kannst du nächste Nacht auf dem Balkon schlafen, das sag ich dir.«

»Quatsch. Aber ich wollte hierhin, um mir Gerald Legrand anzusehen, einen brillanten Entertainer.«

»Bettina, ich habe echt gerade null Ahnung, was du mir damit sagen willst. Man könnte glatt meinen, du hättest gestern zu viel Sonne abbekommen und nicht ich.«

»Vor einiger Zeit haben Gerald und Aziz im Severins-Burg-Theater in Köln eine Revue-Show gemacht. Dann ist Legrand plötzlich verschwunden. In der Szene gibt es Gerüchte, dass er ziemliche Probleme hatte, weil er sich gerne mit den Anhängseln einflussreicher Halbweltleute vergnügt.«

»Das würde ja zu Vinzent Fischer passen. Aber was hat das mit Daphne zu tun? Boie ist schwul, da ist sie nicht wirklich sein Beuteschema.«

»Na, wart's mal ab. Aziz hat mir nämlich erzählt, dass Gerald in Spanien untergetaucht ist und für eine Weile wohl eine andere Identität annehmen wollte.«

Linn starrte Bettina für einen Moment an. Dann musste sie laut und herzhaft lachen: »Im Ernst? Daphne ist …! Unfassbar. Aber typisch Schauspieler! Verlässt als Gerald Deutschland und kommt in Spanien als Daphne an! Hat wohl zu oft *Manche mögens heiß* geguckt!«

»Was meinst du damit?«

»Na, dort fliehen Joe alias Tony Curtis und Jerry alias Jack

Lemmon vor der Mafia nach Miami, müssen sich aber als Frauen verkleiden, damit sie in einem Frauenorchester mitspielen dürfen. Joe nennt sich also Josephine und Jerry …«

»Geraldine?«, Bettina runzelte wie so oft über Linns gedankliche Exkurse die Stirn.

»Nein, eben nicht«, wieherte Linn. »So haben es die beiden zwar abgesprochen, aber als sie sich dann vorstellen, nennt sich Jerry Daphne.«

Nun musste auch Bettina lachen. »Echt, typisch Schauspieler. Und die sexy Küchenmagd spielt Legrand ganz offensichtlich kongenial.«

»Ist dir schon aufgefallen, dass selbst Leo Schmitz bei Legrands Beinen feuchte Lippen gekriegt hat?«

Bettina erzählte Linn, mit was für einem Verwandlungskünstler sie es bei Legrand zu tun hatten. Er beherrschte die ganze Palette: Comedy, Tragedy, Ballett.

»So ein darstellerisches Talent kann ich mir doch nicht durch die Lappen gehen lassen«, erklärte sie ihr Interesse an ihm. »Aziz gab mir dann den Tipp mit dem Hostal, und als ich anrief, bekam ich ziemlich schnell heraus, dass erst vor kurzem eine deutsche Köchin hier angefangen hat. Das war dann doch mal einen Ausflug wert. Thomas Gottschalk will nächstes Jahr endgültig in Rente gehen, Florian Silbereisen dreht nur noch fürs Traumschiff, Jorge Gonzalez wird von der Konkurrenz vertreten – ich brauch in der Agentur dringend Nachschub an männlichen Entertainern! Bei den Frauen läuft's ja wie geschnitten Brot: Kebekus, Fischer, Baydar, Hill – aber talentierte Männer sind echt Mangelware.«

Linn war erleichtert, dass das der Grund für ihr Urlaubsziel war. Sie hatte sich schon gewundert, weswegen sich ihre Freundin für ein Hotel entschied, das noch weit hinter der hintersten Pampa lag.

»Ich glaube, wir müssen uns Daphne alias Gerald mal vorknöpfen«, überlegte sie laut. »Was anderes können wir momentan sowieso nicht tun. Zum Rumhängen ist unser Stübchen etwas zu klein. Und mit Schorse Baumann sollten wir noch mal sprechen. Der Kerl scheint mir auch etwas zu verbergen. Und dann räumt er noch die Leiche weg! Wenn das keine Spurenverwischung ist. Heute Morgen hat er es geschickt geschafft, dass wir nicht über ihn gesprochen haben. Aber vielleicht hat auch er eine Verbindung zu Vinzent. Wir müssen ihn im Auge behalten.«

»Das wird nicht nötig sein«, brummte Schorse hinter ihnen. Er hatte den beiden aufmerksam zugehört. »Ich kann es euch auch einfach erzählen.«

Erstaunt starrten Kegel und Heidenreich den massigen Mann an. Schorse kam süffisant lächelnd auf sie zu, griff sich einen Stuhl vom Nebentisch und hockte sich, die Lehne nach vorn, an ihren Tisch.

»Na, da sind wir ja mal gespannt«, erwiderte Linn.

Doch anstatt zu erzählen, schob Georg Baumann den beiden einen Ausweis über den Tisch.

»Du bist Polizist!«, kommentierte Bettina. »Hätte man auch drauf kommen können. So schnell, wie du die Führung übernommen hast. Polizist oder Arschloch. Eins von beidem.«

Baumann fuhr sich über sein unrasiertes Kinn und stellte amüsiert fest, dass eine solche Annahme immerhin impliziere, dass das Eine das Andere ausschließt. »Ich ermittle schon eine ganze Weile gegen Vinzent Fischer. Wegen illegalem Glücksspiel, Betrug und schwerer Körperverletzung. Dieses *Austridivine*, auf das Calatrava da hereingefallen ist, ist nur die Spitze des Eisbergs. Bislang konnten wir Fischer jedoch nichts nachweisen. Dann habe ich herausgefunden, dass sein Lover hier in Spanien eine Schwester mit Hostal hat, worauf ich mich mit Pe in Verbindung gesetzt habe. Wir kamen auf die Idee, dass wir das Hotelbesitzerpaar spielen und Vinzent Fischer über seinen Freund ins Hostal locken könnten. Tom musste seinen Schwager in spe, also mich, ja schließlich kennenlernen. So konnten meine Kolleginnen zu Hause ungestört eine Hausdurchsuchung durchführen, und ich hatte Fischer hier im Griff. Bis gestern jedenfalls.«

»Du bist also gar nicht mit der Chefin zusammen?«, fragte Bettina und musterte den Kerl mit den raspelkurzen Haaren gleich um einiges interessierter. Linn konnte sich ein Kopfschütteln nicht verkneifen. Was hatte Bettina gestern gleich noch gesagt? Männer würden sie nicht interessieren, das eine Exemplar bei ihr zu Hause auf der Couch reiche vollkommen? Bettina musste eine sehr große Couch haben. Xaver war vom Alter her vielleicht eher der kleine Bruder von Georg Baumann, aber an körperlichem Umfang standen sie sich in nichts nach.

»Nein. Bislang jedenfalls konnte ich bei ihr noch nicht landen. Bringt das deine Welteinteilung in Polizisten und Arschlöcher durcheinander?« Baumann verzog sein Gesicht zu einem breiten Grinsen. »Jedenfalls scheint es, als habe Vinzent Fischer mindestens einen seiner vielen Feinde hierhin mitgebracht.«

»Manchmal liegt ja der Feind im eigenen Bett«, hauchte Bettina geradezu entzückt. Linn fragte sich, ob man ihr etwas in den Kaffee getan hatte. Eine Liebesdroge oder so was. Bettinas Stimme klang weich und bezirzend. Von der cholerischen Hexe, die sie sonst war, fehlte jede Spur. Und der Schlafmangel der letzten Nacht war auch vergessen.

Baumann schien zwar mehr an der Schwäbin interessiert zu sein, dennoch bemühte er sich sichtlich, seinem barocken Gegenüber ein charmantes Lächeln zu schenken. Der Versuch misslang jedoch, das Lächeln verrutschte zu einer schrägen Grimasse.

»Ich kenne jedenfalls eine ganze Reihe von Leuten in Deutschland, die wegen Fischers Tod gerade ihr Party-Equipment aus dem Keller holen«, erwiderte er. »Wie sieht's denn bei dir aus, Bettina, gehst du gern auf Partys?«

»Kommt ganz darauf an, mit wem«, hauchte sie.

Linn wurde die unerwartete Flirterei zu viel. Sie wollte sich wieder aufs Thema konzentrieren. Ohne Ablenkungen. »Jetzt haltet mal beide die Luft an. Schorse, du meinst also, es könnte auch sein, dass jemand einen Killer angeheuert hat, der Fischer im Urlaub umlegt?«, fragte sie und gebot ihrer Freundin durch einen Tritt unter dem Tisch, ihre Paarungsanträge einzustellen. Die hauchte aber nur ein »Aua!«.

»Gut möglich, dass es ein Auftragskiller gewesen ist«, meinte Baumann. »Fischer war als Geschäftspartner gnadenlos. Ein kleines Hotel auf einer Halbinsel ist da eine günstige Gelegenheit, ihn loszuwerden. Wahrscheinlich haben auch noch andere über die familiären Verbindungen von Tom Boie Nachforschungen angestellt und wussten sehr schnell, wohin sein Urlaub geht.«

»Aber hier war doch nie und nimmer ein Auftragskiller«, erwiderte Bettina erstaunt und völlig ungehaucht. »Hier waren nur die Gäste des Hotels – von denen kann ich mir beim besten Willen niemanden als Auftragskiller vorstellen.«

»Vielleicht sind Kommissar Baumann und Daphne nicht die einzigen, die eine Rolle spielen«, sinnierte Linn, und Baumann setzte anerkennend hinzu: »Oho! Sag bloß, ihr habt schon rausgefunden, dass die bezaubernde Daphne eigentlich ein Kerl ist. Übrigens ebenfalls eins von Fischers Opfern. Hatte wohl Schulden, der Gute. Auch Gerald Legrand – so heißt das heiße Gerät nämlich – hat also ein Motiv für den Mord. Zudem glaube ich, dass er ziemlich eng mit Boie war. Bestimmt zu eng für Fischers Geschmack.«

Linn zog ihren rechten Mundwinkel nach oben. Das tat sie nicht nur, wenn sie angestrengt nachdachte, sondern auch, wenn sie sich leidtat. Warum konnte ihr erster Urlaub nach so langer Zeit nicht so sein wie bei anderen Leuten? Einfach pure Entspannung? Mussten sie die Leichen jetzt auch noch im echten Leben verfolgen? Reichten die vierundzwanzig Morde, die sie sich für ihren letzten Roman *Mordsgedanken* hatte ausdenken müssen, nicht? Eine typische Hartmann-Idee: »Frau Kegel, schreiben Sie als nächstes einen Krimi mit mehr als achtzehn Morden, dann brechen wir den europäischen Rekord und können das wunderbar als Aufhänger für Marketing und Vertrieb benutzen. Vierundzwanzig wären schön. Die Zahl ist so weihnachtlich.« Das war ein ganz schönes Stück Arbeit gewesen! So viele Leichen stifteten nicht nur im Roman, sondern auch bei der Autorin einige Verwirrung.

Doch bei aller Verwirrung im Fall Vinzent Fischer und allen Verbindungen der Hotelgäste zum Toten gab es hier zumindest einen Hauptverdächtigen: Tom Boie hatte bislang den stärksten Grund, Vinzent Fischer umzubringen. Ihn hatte Fischer vor allen Augen bedroht. Und dass Fischer eifersüchtig war, hatte er auf der Terrasse zu Genüge bewiesen. Was, wenn Boie sich wirklich nicht mehr anders weiterzuhelfen wusste?

Es konnte also gut sein, dass der Fall schon längst gelöst war. Tom Boie war in seinem Zimmer eingeschlossen. Jetzt musste nur der Regen aufhören, dann konnte es vielleicht doch noch ein erholsamer Urlaub werden. Selbst unter den ganzen Verrückten im Hotel.

Ein schriller Schrei unterbrach Linns Überlegungen. Sie schreckte von ihrem Stuhl hoch. Auch Georg Baumann war aufgesprungen.

»Das kam von oben!«, rief er. Dann sprintete er los.

Linn stellte zu ihrem Erstaunen fest, dass der massige Schorse verdammt schnell rennen konnte. Sie hatte Mühe, mitzuhalten. Bettina folgte ihnen schwer atmend in einigem Abstand. Im zweiten Stock stand Daphne mit dem Rücken an die Flurwand gepresst.

»Baumann!«, schrie sie, »Baumann! Er ist tot! Tom ist tot!« Der Schock stand Daphne im Gesicht. Trotz ihres starken Make-ups war sie käseweiß. »Ich habe ihn gerade gefunden. Ich wollte ihm nur was zu essen bringen.«

Georg Baumann bahnte sich den Weg an Daphne vorbei ins Zimmer von Boie und Fischer. Auf dem Fußboden lag ein Serviertablett, Boies Frühstück über den Teppich verstreut. Der junge Mann lag ausgestreckt auf dem Bett, die Zunge hing ihm heraus. Um den Hals war ein dunkles Seidentuch geschnürt. Er war erwürgt worden.

»Wer hat das getan? Wer kann denn so etwas Schreckliches tun?«, kreischte Daphne außer sich.

»Schon gut, Daphne. Um dich kümmern wir uns gleich. Kegel und Heidenreich, ihr beide sorgt dafür, dass niemand dieses Zimmer betritt, bis ich mit meiner Kamera wieder da bin. Wir müssen den Tatort sichern.«

Bettina lehnte sich keuchend gegen den Türrahmen. »Typisch Polizei. Alles muss man hier selber machen.« Schwer atmend reichte sie Daphne ihre Karte: »Sagen Sie mal, Legrand, haben Sie schon eine Agentur? Wenn nicht, nehme ich Sie sofort unter Vertrag.«

Im Hostal der Vergessenen

Georg Baumann war kurze Zeit später zurück und hatte den Raum nach Spuren untersucht, doch keine brauchbaren gefunden. Er hatte den Toten fotografiert, ihm schließlich das Seidentuch vom Hals entfernt und ihn mit einem Laken zugedeckt. Inzwischen hatten auch die restlichen Gäste und Pe die Unruhe im zweiten Stock mitbekommen.

»Kommen Sie klar?«, fragte Linn die Hotelbesitzerin, die nach wenigen Sekunden das Zimmer wieder verlassen hatte.

»Er war mein kleiner Bruder, und jemand hat ihn kaltblütig ermordet. Wie soll ich damit klarkommen?«, sagte Pe mit tonloser Stimme und wankte nach unten.

»Zwei Morde in wenigen Stunden. Meinen Urlaub habe ich mir anders vorgestellt«, stieß Fernando hervor.

»Und ich sage euch, es waren die Nixen! Dieser Tom Boie war auch nicht besser als der andere.«

»Rosi, jetzt hör aber mal auf«, herrschte Linn sie an. »Das waren keine Märchenwesen, die das getan haben. Oder hast du schon mal eine Nixe mit Seidentuch von Hermès gesehen? Der Mörder ist ganz schön lebendig! Und es ist jemand aus dem Hostal. Niemand konnte die Halbinsel in den letzten Stunden verlassen – und niemand die Insel betreten.«

»Oh mein Gott!«, schrie Gertraud Delling. »Das heißt dann wohl, dass die Morde vielleicht weitergehen. Dass einer nach dem anderen umgebracht wird, wie in diesen alten Filmen! Und ich werde die Nächste sein! Ich weiß es! Ich werde die Nächste sein …«

»Wie kommen Sie auf diese Idee, Madame?«, fragte Leo Schmitz. »Haben Sie etwa eine lukrative Lebensversicherung abgeschlossen? Wenn ja, würde mich interessieren, was Sie für Konditionen haben. Ihre Frau habe ich dazu bereits beraten.«

Rosi nickte eifrig.

»Leo, jetzt hör doch mal auf«, fuhr ihn sein Gatte Fernando an. »Das ist nun wirklich nicht der Moment dafür.«

»Warum sollten Sie denn die Nächste sein, Frau Delling? Verschweigen Sie uns etwas?«, fragte Baumann und wischte sich den Schweiß von der Stirn. Er kramte in seiner Hosentasche nach Zigaretten und zündete sich eine an.

»So ein Unsinn!«, erwiderte Delling. »Aber weiß man, was in einem kranken Hirn vor sich geht? Ich bin schließlich berühmt. Wer mich umbringt, kann sicher sein, dass alle Zeitungen über ihn berichten. Was man sich nach einem Mord an diesem Boie ja nicht unbedingt erwarten kann. Der hatte doch nur ein Schönheitsstudio! Das kommt vielleicht unter ferner liefen im Lokalteil, aber nicht auf der Titelseite.«

Rosi strich ihr zärtlich über den Arm. »Liebelein, jetzt beruhige dich. Wenn der Mörder ein Mann ist, könnte auch ich das nächste Opfer sein.«

»So gerecht ist das Schicksal nicht«, raunte Bettina Linn zu.

»Ist euch eigentlich aufgefallen, dass alle Gäste außer den beiden Toten Zimmer im ersten Stock haben?«, sinnierte Linn.

»Das musst du die Chefin fragen«, erwiderte Baumann, doch Linns Bemerkung schien ihn nachdenklich zu machen. »Die restlichen Zimmer hier oben werden gerade renoviert. Wahrscheinlich nur Zufall.«

»Ich glaube nicht an Zufälle«, antwortete Linn versonnen und versuchte, einen Blick in den Flur zu werfen. Noch drei weitere Zimmer gab es hier oben. Ob wohl alle abgeschlossen waren? Das musste sie herausfinden.

Nachdem der Inkognito-Polizist allen Gästen aufgetragen hatte, in ihre Zimmer zu gehen und sich dort bis auf Weiteres einzuschließen, drückte Linn nacheinander die Türklinken der Nummern zweiundzwanzig, dreiundzwanzig und vierundzwanzig. Sie waren verschlossen. Von hier konnte der Mörder also nicht gekommen sein. Es sei denn, er hatte einen Schlüssel.

Als sie selber nach unten in ihr Zimmer gehen wollte, ergriff Baumann sie am Arm und flüsterte ihr zu: »In einer halben Stunde unten in der Küche. Und komm allein.«

Wieder auf ihrem Zimmer, erzählte Linn von der Verabredung. Bettina riss die Augen auf.

»Du willst doch nicht wirklich allein gehen! Das ist viel zu gefährlich. Wer weiß, ob der Typ sauber ist. Jetzt, wo klar ist, dass er und Pe kein Paar sind, hat auch er kein Alibi mehr. Nicht für Vinzent Fischer und eigentlich auch nicht für Tom Boie. Er hätte ihn in einer Servierpause mal eben kurz umlegen können.«

»Aha«, sagte Linn erstaunt. »Ich dachte, du stehst auf Baumann. Oder was sollte die Aktion beim Frühstück? Und jetzt plötzlich bist du so kritisch?«

»So 'n Quatsch. Ich wollte ihn nur ein bisschen aus der Reserve locken. Er kann genauso gut der Mörder sein wie alle anderen. Nur weil er ein Bulle ist, muss er nicht zu den Guten gehören. Außerdem: Warum schließt er mich aus? Kann ich ihm vielleicht gefährlich werden? Und wär's nur sexuell!«

Linn konnte darüber bloß den Kopf schütteln. So ganz nahm sie ihrer Freundin das »Er kann genauso gut der Mörder sein wie jeder andere« nicht ab. »Es wird schon nichts passieren. Und ich glaube nicht, dass Baumann, sollte er denn der Mörder sein, wirklich so ungeschickt ist. Er kann sich ja denken, dass ich mit dir über das Treffen spreche.«

»Nach Adam Riese heißt das, dass ich dann wohl das nächste Opfer sein werde«, stöhnte Bettina. Sie hatte sich auf das Bett fallen lassen, sprang jedoch sofort wieder auf. »Bevor du gehst, müssen wir das Zimmer durchsuchen! Das könnte dir so passen, dass du dir einen netten Nachmittag machst und ich bin hier ohne mein Wissen mit dem Mörder in einem Raum!«

Linn verkniff sich einen Kommentar über die Größe ihrer Behausung und darüber, dass der Mörder ja wohl kein Gnom sei. Stattdessen kroch sie demonstrativ auf allen Vieren einmal durchs Stübchen. Sie schaute unter das Bett, in den Schrank, in das kleine Badezimmer. Sie untersuchte sogar die Zimmerwände und warf einen Blick auf den Balkon.

»Hier ist außer uns absolut rein gar niemand.«

Bettina allerdings schien sich davon nicht beruhigen lassen zu wollen. Unruhig wanderte ihr Blick umher und setzte die Durchsuchung fort.

»Weißt du, woran mich das Ganze erinnert?«, sagte Linn plötzlich.

»An was?«

»An einen alten Edgar Wallace. *Das indische Halstuch*. Eine Sippe wird zur Testamentseröffnung auf ein Schloss bestellt. Sechs Tage und Nächste müssen sie dort gemeinsam wohnen, erst dann wird verkündet, wie das Erbe aufgeteilt wird.«

»Und weiter?« Bettina öffnete mit einem Ruck die Tür zum Kleiderschrank. Doch kein Mörder hatte sich darin versteckt.

»Dann wird einer nach dem anderen umgebracht«, fuhr Linn fort. »Immer durch ein indisches Halstuch. Einer nach dem anderen kommt in den Stall – der wird mit der Zeit zur Leichenhalle: Ein Toter neben dem anderen. Am Ende landet auch der Mörder dort, er stürzt, glaube ich, aus dem Fenster und landet direkt neben seinen Opfern. Aber weißt du, was das Witzige an diesem Film ist? Die Leute fliehen nicht. Die ganze Zeit nicht. Sie wissen zwar, dass ein Mörder unter ihnen ist, weil ja in regelmäßigen Abständen jemand abgemurkst wird. Aber sie verlassen das Schloss nicht.«

»Wegen dem Erbe, oder?«

»Nein, draußen stürmt es. Das Unwetter hat die Straße unbefahrbar gemacht und das Telefon ist tot.«

»Du meinst, wie bei uns.«

»Genau.« Linn biss sich auf die Lippen. »Genau wie hier.«

Bettina knackte mit den Fingern. Sie wollte sich keine Verunsicherung anmerken lassen. »Das ist doch purer Zufall. Man kann kein schlechtes Wetter bestellen.«

»Stimmt. Und das eine ist auch nur ein Film. Hier kommt erschwerend hinzu, dass wir wirklich nicht von dieser Klippe runter können. Bei Wallace spielt das Ganze auf dem flachen Land. Da würde ich selbst bei Matsch und Regen zur nächsten Ortschaft durchkommen.«

Bettina war still geworden.

»Und wenn es wirklich Wasserwesen gibt? Wasser, Regen, Meer, das ist doch alles das Gleiche.«

»Frau Heidenreich, jetzt ist aber gut. Gehst du jetzt unter die Esoterikerinnen? Das sind doch Ammenmärchen. Mit der Wirklichkeit haben die nichts zu tun.«

»Und wenn es doch so eine Nixe war?«, fragte Bettina.

»Höchstens eine Taugenixe. Das sind Mörder nämlich meistens, taugen zu nichts. Eigentlich auch ein schönes Verb: Ich faulenze nicht, ich will nur taugenixen.« Linn musste selber lachen. »Aber jetzt gehe ich runter zu Baumann. Schließ hinter mir ab.«

Bettina sprang zu Linn und hielt sie am Ärmel ihres Sweatshirts fest. »Taugenixen hin oder her – aber wie weiß ich, dass du wieder rein willst, wenn du wiederkommst? Ich meine, dass du es bist?«

Linn starrte die Freundin verblüfft an. »Manchmal denke ich, von uns beiden bist du die Krimi-Autorin. Aber okay, ich klopfe dreimal, tacktacktack.«

Bettina schüttelte energisch den Kopf: »Das ist zu einfach. In jedem zweiten Krimi klopft man dreimal.«

»Hast du eine bessere Idee?«

Bettina dachte kurz nach. Dann sagte sie im Brustton der Überzeugung: »Du klopfst den Refrain von *Im weißen Rössl am Wolfgangsee.*«

»Was Längeres fällt dir wohl nicht ein?«

»Das ist als Kennung absolut sicher.«

»Na, dann hoff mal für mich, dass ich nicht verfolgt werde, wenn ich wiederkomme. Der Mörder hätte bei einem solchen Kennwort viel Zeit zuzuschlagen.«

Und dann verließ Linn Kegel Zimmer Nummer zwölf.

Männer sind auch nur Männer

Fernando Calatrava-Schmitz reichte seinem Gatten ein Taschentuch, damit er sich die Tränen aus dem Gesicht wischen konnte. Leo schnäuzte trompetend hinein. Er murmelte ein ersticktes Danke und warf das zerknüllte Tuch auf den Boden. Fernandos Blick folgte dem Flug des Papierknäuels mit einem Ausdruck sichtbaren Ekels.

Nach dem zweiten Leichenfund waren die beiden in ihr Zimmer gegangen, hatten die Tür hinter sich zugezogen und abgeschlossen. Nun saß Leo heulend auf der Bettkante und Fernando ihm gegenüber im Sessel. Seine Haltung verriet mehr und mehr Distanz, je größer die Tränenflut wurde.

»Jetzt hör doch mal auf zu weinen.«

Doch Fernandos verhaltener Ton führte nur zu noch mehr Tränen.

»Du liebst mich nicht mehr, gib es zu!« Leos Glatze war rot angelaufen, unter seinen Augen quollen die Tränensäcke.

»Was soll das jetzt?«

»Du hast mich doch mit diesem Tom betrogen! Klar. Er ist jung, ich bin alt. Da kann ich nicht mithalten. Wahrscheinlich konnte er dir geben, was ich nicht geben konnte.«

»Hör doch auf, Leo! Ich hatte keine Affäre mit ihm, ich habe dich in all den Jahren überhaupt nie betrogen.«

»Ach ja? Und wie ist Vinzent Fischer dann darauf gekommen?«

»Das weiß ich doch nicht!« Fernando wurde noch länger und verschränkte die Arme vor der Brust. Die Situation war ihm sichtbar unangenehm. Doch dies nicht nur wegen der Anschuldigungen.

»Ich mache dir keine Vorwürfe«, schniefte Leo. »Ich kann mir ja vorstellen, wie es dazu gekommen ist. Erst hat Boie bei mir keinen Kredit bekommen für sein Schönheitsstudio. Dann hat er sich an dich rangemacht, um es mir heimzuzahlen.«

»Was redest du denn für einen Quatsch! Natürlich hat Tom einen Kredit gekriegt! Wenn nicht von dir, dann von einer anderen Bank. Sein Schönheitsstudio hat er doch gerade in Herne eröffnet.«

»Aha, du weißt also davon!«, schrie Leo auf und musste noch mehr weinen. Fernando stöhnte laut auf und begann, sich die Schläfen zu massieren.

»Natürlich weiß ich davon. Wie du auch davon wissen könntest, wenn du die WOCHENRUNDSCHAU nicht nur zum Fensterputzen verwenden würdest. Da stand es nämlich groß drin, mit Bild von der Eröffnung. Und ich bin da übrigens nicht drauf.«

»Und wer hat ihm den Kredit bewilligt? War das der Grund, warum du Vinzent Fischer um Geld angepumpt hast?«

»Jetzt mach dich doch nicht lächerlich! Meinst du im Ernst, ich leihe mir Geld von Fischer, um es seinem Lebensgefährten zu geben? Das darf nicht wahr sein! Leo, denk doch mal nach!«

»Und woher hatte er das Geld dann?«

»Was weiß ich. Der Junge hat doch vorher schon jahrelang in einem Beautysalon gearbeitet. Damit wird er wohl eine dieser gottverdammten Banken überzeugt haben. Oder Fischer hat ihm das Geld gegeben.«

»Und woher willst du das wissen?«

»Verdammt, wie oft soll ich es dir denn noch sagen: Ich habe Tom und Vinzent auf der Gartenparty von dieser Bundestagsabgeordneten kennengelernt. Wir haben uns unterhalten. Das macht man so auf Gartenpartys.«

Leo sah seinen Lebensgefährten traurig an. »Ich will nicht, dass du dich über mich ärgerst, Nando. Ich habe nur solche Angst, dass du mich verlässt. Ich will nicht, dass du mich verlässt.«

Fernando stand von seinem Sessel auf und ging genervt hin und her. »Das ist doch mal wieder typisch für dich: Immer ich, ich, ich. Wie es mir mit deinen ewigen verdammten Anschuldigungen geht, ist dir doch völlig schnuppe. Du hast nur Angst, allein zu sein.«

Leo sackte noch mehr in sich zusammen und begann nervös an seinen Nägeln herumzuknibbeln.

»Du liebst mich also nicht mehr.«

»Gott verdammt! Sag mir doch, was ich an dir lieben soll! Ich sehe einen krankhaft eifersüchtigen Mann, der mich dauernd kontrolliert und mir die wildesten Vorwürfe macht. Du bist in dem Punkt wirklich keinen Deut besser als Vinz Fischer. Das ist in den letzten Jahren echt immer schlimmer geworden. Und wenn ich mich dann verteidige, fängst du sofort an zu heulen wegen der kleinsten Kleinigkeit. Findest du einen solchen Menschen besonders liebenswert? Du musst dringend eine Therapie machen, Leo.«

Hinter seinen dicken Brillengläsern füllten sich die Augen von Leo Schmitz erneut mit Tränen.

»Ich meine das doch gar nicht böse.«

»Das wär ja noch schöner, wenn du es auch noch böse meinen würdest!«

»Und wie geht es jetzt weiter? Wir müssen unbedingt verhindern, dass sie dir auf die Schliche kommen und dich verhaften. Ich will nicht ohne dich sein.«

Fernando Calatrava-Schmitz starrte ihn fassungslos an: »Du meinst also wirklich, dass ich … Ach, weißt du was: Das ist mir inzwischen wirklich egal. Das mit uns hat offensichtlich überhaupt keinen Sinn mehr. Wenn wir zu Hause sind, ziehe ich zu meiner Mutter.«

Leo durchfuhr der Schock wie ein Blitz. Er hatte von einem Augenblick zum andern aufgehört zu weinen, stand auf und verließ wie von der Tarantel gestochen das Zimmer.

Three and a half women

Gertraud Delling hatte ihre Schuhe ausgezogen und die Beine hochgelegt. Sie saß in einem bequemen Korbsessel in ihrem geräumigen Hotelzimmer, und Rosi Kremer cremte ihr die Füße ein. Sie hatte große, schlanke Füße, mit schmalen Fesseln. Auf ihre Füße war sie früher immer ganz besonders stolz gewesen. Fast so stolz wie auf ihre Hände. Noch heute pflegte sie ihre Füße sorgfältig. Oder ließ sie pflegen. Doch die Narbe ihrer Hallux-Operationen, die sie als junge Frau hatte durchführen müssen, waren auch heute noch deutlich zu sehen.

Sie trug wieder eines ihrer langen weißen, wallenden Leinenkleider mit Ärmeln, die bis über die Handschuhe reichten. Ihr blondes Haar trug sie offen, es fiel locker auf ihre Schultern.

»Liebelein, woran denkst du?«, fragte Rosi und massierte eine erneute Ladung Veilchenöl in Dellings Mittelfuß ein.

»Ach, unwichtig, meine Blume«, antwortete die ehemalige Schauspielerin. »Die ganze Situation ist einfach zu viel für mich.«

»Wirklich unglaublich, dass diese Heidenreich von deiner, äh, ich meine, von deinem Problem mit dem Spielen weiß.«

»Meinem ehemaligen Problem, meine Liebe, meinem ehemaligen Problem«, ergänzte Delling. »Und an allem waren Leute wie dieser Fischer schuld. Gut, dass er tot ist. Sobald der Weg zum Festland wieder nutzbar ist, müssen wir abreisen.«

»Ja, das wird das Beste sein. Aber schau dir nur an, wie es immer noch regnet. Wie aus Kübeln. Die armen Nixen! Wie schade, dass wir das Melusinenfest verpassen! Bei diesem Wetter kommen wir noch nicht einmal in die Nähe des Strandes. Wahrscheinlich bleiben bei dem Wetter sogar die Nixen zu Hause.«

»Wir sollten trotzdem unsere Rituale durchführen«, meinte die Diva. »Die Urkraft von Mutter Natur wird uns gegen das Böse schützen.«

»Hast du Angst, Liebelein?«

»Angst?« Delling riss ihre großen dunklen Augen weit auf. Nun sah sie tatsächlich aus wie eine der Diven aus der Stummfilmzeit. »Angst. Nein. Angst, habe ich keine. Aber ich traue diesem Georg Baumann nicht. Dieser Mann hat etwas zu verbergen. Warum sonst mischt er sich in alles ein? Wir sollten auf der Hut sein und aufeinander aufpassen.«

»Aber Liebelein«, rief Rosi erstaunt, »das machen wir doch sowieso. Das brauchst du nicht laufend so zu betonen. Das hast du schon gestern Abend gesagt. Du weißt doch: Ich weiche nicht von deiner Seite.«

»Das ist gut, meine Blume, das ist gut.« Über Gertraud Dellings Diven-Gesicht huschte ein zufriedenes Lächeln. Wer hätte gedacht, dass ihre Beziehung all die Jahre überdauern würde? Sie hatten sich vor über zwanzig Jahren kennengelernt. Nach einer Filmpremiere war Rosi auf sie zugestürmt und hatte sie um ein Autogramm gebeten. Gertraud Delling hatte sich damals gerade von ihrem zweiten Mann getrennt und eine Therapie wegen ihrer Spielsucht abgeschlossen. Rosi hatte sich an diesem Abend an ihre Fersen geheftet, war mit zur Premierenfeier gegangen, als wäre es das normalste der Welt. Von diesem Tag war Rosi immer wieder genau dort aufgetaucht, wo sie war, und irgendwann hatte Gertraud sie mit zu sich nach Hause genommen. Und Rosi war geblieben. Seither war sie nicht mehr von ihrer Seite gewichen. Eine »Liebe aus Hartnäckigkeit« nannte Gertraud ihre Beziehung manchmal im Scherz. Dann lachte Rosi immer auf und sah Gertraud mit diesem durchdringenden, wissenden Blick an. Rosi wusste es besser. Immer.

Zur gleichen Zeit hatten im Schlafzimmer der Hotelbesitzerin im Erdgeschoß auch Daphne und Pe ein Gespräch,.

»So, jetzt nimm endlich diese lächerliche Perücke ab!«

Die hübsche Frau gehorchte nur widerwillig. Doch mit einem gekonnten Griff in ihre Haarpracht hatte sie die Haarnadeln auch schon entfernt und hielt ihre Mähne in der Hand. Zum Vorschein kamen dunkle Haare unter einem fleischfarbenen Strumpf. Auch den zog sich Gerald Legrand nun vom Kopf, ein wilder Lockenkopf kam zum Vorschein.

»Du willst mich wohl umbringen, Petra«, sagte er aufgebracht. »Du weißt so gut wie ich, dass bislang nur Männer umgebracht worden sind, im übrigen auch noch schwule Männer – ist dir das schon mal aufgefallen? Als Daphne bin ich geschützt. Als Gerald könnte ich das nächste Opfer sein.«

Ein süffisantes Lächeln spielte um die Lippen der Chefin, als sie den kleingewachsenen, stark geschminkten Mann im kurzen Rock und den hochhackigen Pumps musterte.

»So ein Schwachsinn! Wer sagt dir denn, dass es der Mörder nur auf Männer abgesehen hat. Bei zwei Leichen kann das auch absoluter Zufall sein.« Ihr Blick blieb auf Geralds wohlgeformten Beinen haften. Es war wirklich eine Frechheit, was für eine wunderschöne Frau dieser Mann war!

»Zufall nennst du das? Wie oft wurden denn in diesem Haus schon Menschen ermordet? Und dann gleich zwei innerhalb von zwölf Stunden! Und wir haben keine Chance, die Polizei zu holen. Und jetzt hör auf, mir ständig auf die Beine zu starren, ich komme mir ja vor wie in der Metzgerei. Es reicht mir schon, wenn ich den Schmitz an der Backe habe.«

»Die Polizei ist längst da«, stellte Pe schlicht fest. »Georg Baumann ist Kommissar. Er wird den Mörder meines Bruders finden. Selbst wenn du es bist.«

»Wie? Ich? Du hast mir doch sogar ein Alibi gegeben!«

»Für den ersten Mord! Nicht für den Mord an Tom. Da habe ich dich nämlich gesehen, wie du die Treppe hochgegangen bist, ohne Frühstücks-Tablett. Das hast du dir erst später geholt. Als Tom schon tot war.«

Legrand blickte sie entsetzt an. »Lüge! Das ist eine unverschämte Lüge! Ich bin mit dem Tablett hinaufgegangen, habe aufgeschlossen und ihn gefunden.«

Pe schüttelte langsam den Kopf. Der Ausdruck in ihrem Gesicht versteinerte merklich.

Gerald Legrand hatte den Schlag nicht kommen sehen, der ihn nun am Kopf traf. Er ging wie ein nasser Sack zu Boden. Wie aus der Ferne nahm er wahr, dass Pe ihm die Arme auf den Rücken drehte und ihn fesselte. »Das wirst du mir büßen, Legrand. Egal, wie oft du vorher davongekommen bist, aber für meinen kleinen Bruder wirst du bezahlen!«, hörte er noch. Dann wurde alles dunkel um ihn herum.

Im Keller

Als Linn die Küche betrat, war Georg Baumann schon da. Der massive Küchenschrank stand nicht mehr an der Wand, sondern quer im Raum wie eine halb offene Tür. Dahinter führte eine steile Holztreppe nach unten.

»Nicht schlecht, nicht wahr?«, aus Baumanns Stimme klang ein gewisser Stolz. »Ein einfacher Mechanismus, und der Küchenschrank bewegt sich. Du wirst staunen, wenn du siehst, was sich noch alles dahinter verbirgt. Bitte nach dir, Linn.« Er wies mit der Hand die Treppe hinunter.

Linn lachte laut auf. »Du glaubst doch nicht im Ernst, dass ich mit dir in einen Raum klettere, den ganz offensichtlich niemand sonst in diesem Haus kennt«, kommentierte sie trocken.

»Entweder du tust es, oder es wird vielleicht bald noch ein Mord geschehen«, erwiderte Baumann ernst. Linn Kegel starrte den massigen Kerl verblüfft an.

»Was wird das? Drohst du mir etwa, Schorse?«

»Quatsch. Da unten ist meine voll ausgestattete Einsatzzentrale. Aber nenn mich Georg. Schorse war nur zur Tarnung, kein Mensch nennt mich so.«

Linn starrte ihn immer noch an.

»Ich bin Bulle, du kannst mir vertrauen. Ich glaube, dass du hier die einzig Vernünftige bist, darum brauche ich deine Unterstützung. Ich gehe davon aus, dass der Mörder wieder zuschlagen wird. Aber der Mörder steht gerade nicht in dieser Küche. Du kannst von mir aus deiner Bettina Bescheid sagen, wo du bist. Aber ob du das in einer annehmbaren Zeit schaffst, bezweifle ich. Wie geht das Lied noch mal: *Im weißen Rössl am Wolfgangsee, da steht das Glück vor der Tür. Und ruft dir zu Guten Morgen! Tritt ein und vergiss deine Sorgen! Und muss du dann einmal …*«

»Schon gut, schon gut«, unterbrach Linn seine Singerei. »Ich hab's kapiert. Du hast uns abgehört. Erklär mir aber zumindest, wie du das gemacht hast. Ich bin einmal quer durchs Zimmer gerobbt, ohne ein Abhörgerät zu entdecken.«

Georg Baumann grinste breit. »Für deinen nächsten Krimi musst du dir das merken. Wanzen sind heutzutage verschwindend klein. Und eure steckt direkt im Obstkorb.«

»Hast du die anderen Zimmer auch abgehört?«

»Ja, aber das erzähle ich dir unten. Interessant, interessant, kann ich nur sagen. Wie in einer Daily Soap. Ein Pärchen hat sich gerade getrennt. Rührend.«

Linn Kegel versuchte ihre Skepsis abzuschütteln und folgte ihm die steile Stiege hinunter in den Keller des Hostals.

»Pe hat den Raum beim Renovieren entdeckt. Vorher hat ihn nie jemand bemerkt, weil der große Schrank noch von den ehemaligen Besitzern war. Der Raum stammt wohl noch aus dem Ersten Weltkrieg. Gut für mich, so konnte ich darin meine Basis einrichten. Und mein Bett aufstellen – in ihrem Zimmer wollte mich die Knaus nämlich partout nicht haben. Ich weiß auch nicht, warum.«

»Es hatte mich schon gewundert, warum sie am ersten Abend von ihrem Zimmer gesprochen hat und davon, dass sie bei Daphne gelauscht hat. Wie konnte sie das? Du schnarchst doch bestimmt, oder?«

Baumann hörte auf zu grinsen. »Vielen Dank für dieses charmante Kompliment. Aber ja, du hast recht: Auch Pe hat für den Mord an Fischer kein wirkliches Alibi.«

Er führte sie in einen kleinen Raum, in dem neben einem Feldbett ein Tisch voller Apparaturen mit blinkenden Knöpfen stand.

»Ziemlich beeindruckend, oder?«, fragte Georg Baumann und grinste zufrieden. »Das hier ist übrigens mein Meisterstück: ein Handystörgerät. Nachdem der Empfang am nächsten Tag nämlich wieder funktionierte, musste ich für eine dauerhafte Störung sorgen.«

Linn setzte sich auf einen wackelig aussehenden Stuhl. Sie war froh, dass sie selbst im Urlaub nicht auf ihre verbeulte Jeans verzichtet hatte, auch dies ein Punkt, den ihre Mutter nie verstehen würde. Sie hörte sie förmlich sagen: »Chind, was söll denn da? Du vediensch doch inzwüschä gnuäg Geld, do chasch doch emol öppis rechts chaufä. Immer die blödä Tschiins. So findsch niä än aaständige Maa.« Dann kehrte sie aus ihrer Gedankenwelt wieder in die Realität zurück.

»Und was sollte das bringen, wenn niemand telefonieren kann?«

»Nach dem Mord an Vinzent Fischer war ich mir sicher, dass der Täter aus der Halbwelt kommt oder zumindest zu Fischers Opfern gehört. Da konnte ich nicht ausschließen, dass es noch Komplizen auf dem Festland gibt. Also bin ich auf Nummer sicher gegangen.«

»Und die Polizei? Weiß die Bescheid?«

»Ja, die ist auf dem Laufenden. Ich habe sie direkt nach dem Mord an Boie erreichen können.«

Linn schaute ihn erstaunt an. »Und wo bleibt sie?«

»Sie hat dasselbe Problem wie wir: Der Weg über die Küste ist nicht passierbar, und einen Helikopter können die erst schicken, wenn der Regen nachlässt.«

»Bitte? Die müssen doch besser ausgestattet sein?«

»Wir sind hier nicht in Deutschland. Bermeo ist ein kleines Kaff. Die Polizei auf dem Land kann froh sein, wenn die ein Auto pro Einheit bekommen.«

»Aber Bilbao ist doch nur eine knappe Stunde entfernt«, rief Linn. »Es kann nicht angehen, dass die uns hier mit einem Killer allein auf einer Insel lassen.«

»In Bilbao trifft sich dieses Wochenende die neue amerikanische Präsidentin mit der Kommissionschefin der EU. Zwei Tote in einem abgelegenen Hostal können da nicht mithalten. Wir haben keine Chance. Darum müssen wir uns ja selber helfen.«

»Okay, okay. Du glaubst also inzwischen nicht mehr daran, dass der Mörder aus der Halbwelt kommt.«

»Deshalb wollte ich mit dir reden. Du scheinst mir in diesem Haus die Einzige zu sein, die den Sinn für die Realität nicht völlig verloren hat. Nein, inzwischen glaube ich es tatsächlich nicht mehr. Es sei denn, Tom Boie wurde nur zur Ablenkung umgebracht. Aber danach sieht der Mord nicht aus.«

Linn dachte nach. »Du meinst, weil der Mord an Boie vorsätzlich und geplant ausgeführt wurde und nicht im Affekt.«

»Genau. Da hat sich jemand verdammt viele Gedanken gemacht. Boie war in seinem Zimmer eingeschlossen. Der Mörder musste sich den Schlüssel besorgen, musste sich reinschleichen und hat ihn wahrscheinlich sogar frontal angegriffen und erwürgt.«

»Und was glaubst du, wer der Mörder ist?«

»Ich bin mir nicht sicher. Pe hat ein Motiv, Vinzent Fischer umzubringen. Aber ihren eigenen Bruder? Daphne hatte auch einen Grund, Fischer umzubringen, aber für die Tatzeit hat sie durch Pe ein Alibi. Wobei es mit Alibis natürlich so eine Sache ist. Das Ehepaar Schmitz gibt sich zum Beispiel gegenseitig eines, obwohl zumindest Fernando verdächtig ist, er wurde schließlich erpresst. Und wie Ehemänner in solchen Situationen reagieren, das weiß man ja nie – von daher ist auch Schmitz nicht aus dem Rennen. Übrigens haben die beiden sich gerade getrennt. Und aus den beiden Ladies werde ich nicht so richtig schlau.«

»Liegt vielleicht daran, dass die beiden selber nicht richtig schlau sind«, murmelte Linn.

Doch Baumann fuhr fort: »Diese Geschichte mit den Nixen, die die Kremer da die ganze Zeit erzählt, ist doch einfach bescheuert. Aber eine Verbindung zu Vinzent Fischer lässt sich nicht herleiten. Gut, Gertraud Delling war mal spielsüchtig, aber reicht das als Indiz? Scheint mir weit hergeholt. Wir wissen nicht mal, ob sich Fischer und sie gekannt haben. Ob Gertraud Delling Tom Boie vorher kannte, habe ich noch nicht recherchiert. Ich bin mir nicht sicher, ob das etwas bringt. Zumal Kremer und Delling die einzigen sind, die vorher schon einmal im Hostal Urlaub gemacht haben. Sie waren letztes Jahr für vierzehn Tage hier und haben schon damals angekündigt, dass sie wiederkommen wollen. Sie sind damit so was wie Stammkundinnen.«

»Mmh.« Linn konnte sich keinen Reim aus dieser Analyse machen.

»Oder traust du den beiden einen Mord zu?«

»Differenzialistinnen traue ich alles zu.«

Sensibilitäten

Das Gesicht von Leo Schmitz war nass. Doch er war sich sicher, dass es sich diesmal nicht um Tränen handelte, denn auch auf seinem hellblauen Hemd zeichneten sich feuchte Flecken ab. Er schwitzte. Er schwitzte sogar stark. Wie immer, wenn er unter Stress stand. Und er hasste sich dafür.

Das hatte schon angefangen, als er noch in die Schule ging. Referate, Prüfungen – das alles war für ihn nie ein Problem gewesen. Genauso wenig wie heute seine Beratungsgespräche, wenn's um die neuesten Anlagemöglichkeiten ging. Das konnte er mit links. Aber wenn eine Lehrerin ihn ertappte, dass er während des Unterrichts mit dem Platznachbarn redete, oder er das Verhalten eines Mitschülers bewerten sollte, dann fing es an.

Er konnte sich noch an das erste Mal erinnern. Er war vielleicht fünfzehn gewesen, ein zurückhaltender, korrekter Junge. Streber hatten sie ihn genannt, aber daran hatte er sich nie gestört. War er halt ein Streber, das war für ihn nicht schlimm. Doch dann hatte er Veronika beim Kiffen gesehen, hinter der Turnhalle. Er musste gestehen, ein bisschen hatte es ihn fasziniert. Es hatte so etwas Verwegenes, zu kiffen. Ein paar Augenblicke war er einfach stehen geblieben und hatte Veronika zugesehen, und die Klassenlehrerin der Parallelklasse hatte wiederum ihn gesehen. Das war sein Verhängnis gewesen. Denn diese Lehrerin war pädagogisch eine bekennende Sadistin: Anstatt Veronika direkt zur Rede zu stellen, hatte sie Leo am Arm gepackt und ihn förmlich zum Petzen geschleppt. Da war es ihm zum ersten Mal passiert, dass er unkontrolliert angefangen hatte zu schwitzen. Die Lehrerin hatte ihn angewidert angesehen, losgelassen hatte sie ihn jedoch nicht. Seitdem schwitzte er in Stresssituationen. Anfangs nur unter den Achseln. Inzwischen überall: Unter den inzwischen altersbedingten Brüsten, am Rücken, an der Stirn, ja sogar unter dem Kinn. Und auch jetzt hatte er Grund zum vermehrten Ausstoß von Körperflüssigkeit, denn auch jetzt war er auf dem Weg zu petzen.

Sein gemeinsames Zimmer mit Fernando hatte er fluchtartig verlassen, nachdem dieser ihm seine Trennungsabsichten verkündet hatte. Leos Logik war klar und einfach: Wenn Fernando ihn nicht haben wollte, sollte er die Konsequenzen zu spüren bekommen. So eilte Leo Schmitz nun geradewegs zur Küche und ahnte nicht, was dort auf ihn wartete.

Zimmer mit Einblick

Linn hatte sich fast eine Dreiviertelstunde lang von Baumann sämtliche Ermittlungsschritte erläutern lassen. Sie hatte von den Wanzen in den Zimmern gehört und dass die technischen Spielereien nicht wirklich etwas gebracht hatten. Er hatte sie erst während des Frühstücks in den Zimmern versteckt, nach Vinzent Fischers Tod. Seitdem hatte er nur herausgefunden, dass sich der deutsch-spanische Wattenscheider von seinem Banken-Leo getrennt hatte, nachdem der ihn eines Verhältnisses mit Tom Boie bezichtigt hatte. Boie wiederum hatte vor einiger Zeit versucht, bei Leo einen Kredit für sein neues Schönheitsstudio zu erhalten, was allerdings gescheitert war. Außerdem hatte Linn zu ihrer mäßigen Verwunderung von Gertraud Dellings Vorliebe für Veilchenöl gehört und von Bettinas Angewohnheit, in ihrer Abwesenheit Songs von Pink zu singen. Georg Baumann hatte breit grinsend wie ein Radiomoderator an einem der bunten Knöpfe gedreht, und schon schepperte Bettinas Koloraturbariton in voller Lautstärke: »*Guess what: I am a rock star, I got my rock moves and I don't need you!*« Linn sah den Polizisten mit hochgezogenen Augenbrauen an. Nach dem Ende der ersten Strophe hatte sie genug gehört.

»Nur falls du es noch mal explizit wissen willst, warum ich nur dich in den Keller gebeten habe«, erklärte Baumann und schaltete den Empfänger aus.

»Und wie soll's nun weitergehen?«, fragte Linn und strich sich ganz automatisch eine ihrer widerspenstigen Haarsträhnen aus dem Gesicht. Sie merkte es und musste unweigerlich in sich hineinlachen. Das Klischee eines Bond-Girls, dachte sie. Ermittelt immer mit wehenden Haaren – wahrscheinlich weil ihre Haargummis sämtlich vom Bösewicht in die Luft gesprengt worden sind. Doch Linn wusste nur zur gut, dass sie in ihrem Urlaubs-Schlabberlook nicht Gefahr lief, mit einem Bond-Girl verwechselt zu werden. Obwohl sich die Zeiten merklich geändert hatten: Gehörte es gefühlte Jahrhunderte der Bond-Film-Geschichte dazu, zu Beginn die Schatten von nackten Frauen durchs Bild tanzen zu lassen, hatte diese Aufgabe dann irgendwann Daniel Craig selber übernehmen müssen. Warum also nicht einmal ein Bond-Girl von eins dreiundachtzig in Löcherjeans, Sweatshirt und flachen Schuhen – solange die Haare wehten? Besser wäre natürlich direkt Jamie Bond.

»Was meinst du damit, wie es weitergehen soll? Wir warten, bis die Polizei kommt und passen bis dahin auf, dass niemand abhaut.«

»Ah«, meinte Linn ironisch, »dafür haben wir uns hier im Keller ja genau den richtigen Platz ausgesucht. Was aber, wenn noch ein Mord geschieht?«

Baumann kratzte sich über die Stoppelfrisur. »Der Vorteil wäre, dass sich der Kreis der Verdächtigen dadurch minimieren würde. Aber das ist wohl nicht das, was du wissen willst. Ehrlich gesagt, will ich da gar nicht drüber nachdenken. Dann sind wir alle in akuter Gefahr. Momentan sieht es mir aber eher danach aus, als seien Fischer und Boie bewusst umgebracht worden. Es kann auch kein Zufall sein, dass die beiden die einzigen waren, die im zweiten Stock gewohnt haben.«

»Das hieße dann aber doch«, fuhr Linn fort, »dass Pe etwas damit zu tun hat! Sie hat schließlich die Zimmer vergeben.«

»Wir müssen uns die anderen Räume im zweiten Stock ansehen. Mein Gefühl sagt mir, dass dort die Lösung liegen könnte.«

Mordsverdächtigungen

Pe Knaus dachte gar nicht daran, Gerald Legrand sanft über den Boden zu schleifen. Sie hatte den leblosen Körper an den Hacken gefasst und zog ihn hinter sich her in Richtung Küche. Ihr Plan war simpel: In der Küche gab es eine Luke, durch die früher Küchenabfälle entsorgt wurden. Über eine schmale Rutsche fielen sie direkt ins Meer. Die Luke war zwar heute, im Zeitalter der Mülltrennung, schon lange nicht mehr in Betrieb und mit einem Sicherheitsschloss versehen, doch für Legrand wollte sie sie gern noch einmal in Betrieb nehmen.

Wie von Sinnen zerrte sie ihn weiter. Sein Kopf schlug in regelmäßigen Abständen auf dem steinernen Boden auf. Es war purer Zufall, dass er sich vorhin auch den Strumpf vom Kopf gezogen hatte, nun hingen seine halblangen, buschigen Haare wirr um seinen Schädel. Sie waren das Erbe seiner Großmutter väterlicherseits, einer Mi'kmac-Indianerin aus Québec. Als Jugendlicher hätte Gerald Legrand glatt als hellhäutiges Mitglied der Jackson Five durchgehen können, so voll war sein Haarschopf. Wohl auch das ein Grund, weswegen er schon sehr früh seiner Vorliebe für das Tragen von Perücken und Frauenkleidern nachgegeben hatte und Entertainer geworden war. Normalerweise trug er sein indianisches Haar kurz geschnitten, doch zu dieser Zeit hatte er es für eine Rolle in einem spanischen Film wachsen lassen. Sein Glück. Einige allzu harte Schläge, die ihm der unbequeme Weg von Pes Zimmer in die Küche bescherte, wurden dadurch abgefedert. Denn tot war höchstens Daphne, Gerald Legrand noch lange nicht.

Pe hingegen machte sich darüber wenig Gedanken. Sie wandte ihre ganze Kraft auf, um den Mann in Dienstmädchenuniform in die Küche zu schleifen, und sie schaffte es genau in dem Moment, als Georg Baumann und Linn Kegel die Kellertür hinter sich ins Schloss fallen ließen.

Als Pe die beiden erkannte, schrie sie erschrocken auf. Sie hatte sich so sehr auf das Wegschaffen von Legrand konzentriert, dass sie gar nicht daran gedacht hatte, jemandem über den Weg laufen zu können. Sie hatte Legrand schon halb hinter den Herd gezerrt, als sie seine gefesselten Beine endlich losließ. Genau in diesem Moment betrat auch Leo Schmitz die Küche und stieß einen entsetzten Quietscher aus.

»Daphne!«, kreischte er und stürzte auf den Körper hinter dem Herd zu. Als er den Kopf zu Daphnes Körper zu sehen bekam, kam er aus dem Schreien gar nicht mehr heraus. »Was haben Sie mit Daphne gemacht?!« Er warf sich schützend über Legrand.

Pe Knaus rührte dies jedoch wenig. »Das Schwein hat meinen Bruder umgebracht. Er hat es nicht anders verdient. Dabei hatten die beiden doch sogar ein Verhältnis.«

»Was hatten sie?«, fragte Linn irritiert, die mit einiger Mühe Schmitz von Legrand herabzerrte und nach dem Puls suchte.

»Ja, verdammt«, schrie Pe, »mein Bruder Tom und diese Schauspiel-Transe da hatten schon seit längerem ein Verhältnis! Als Vinzent gestern Abend nach seinem Ausraster von Georg auf sein Zimmer gebracht wurde, hat mir Tom alles erzählt. Er hat sich ernsthaft überlegt, mit Fischer Schluss zu machen. Aber offensichtlich wollte dieser Mistkerl hier das verhindern und hat ihn umgebracht – und dafür habe ich ihn getötet. Ich gebe alles zu. Es war die Mühe wert!«

»Ich muss Sie enttäuschen, Pe, Legrand ist nicht tot. Nur bewusstlos.« Linn hatte den Puls gefunden und tätschelte nun vorsichtig Legrands geschminkte Wange. Er hatte zwar eine Wunde am Kopf, aber die schien nicht weiter schlimm zu sein.

Petra Knaus hingegen begann zu taumeln. Baumann fing sie gerade noch auf.

»Pe, es wird alles wieder gut«, tröstete er. »Wie bist du denn überhaupt auf die Idee gekommen, dass Legrand Tom umgebracht hat? Das ist doch alles gar nicht bewiesen.«

Pe wehrte sich mit ganzer Kraft und schlug mit ihren Fäusten auf den Polizisten ein. »Er war's! Er war's! Ich habe es doch gesehen!«

»Was haben Sie gesehen?«, fragte Linn.

»Ich habe Daphne heute Morgen gesehen, wie er in den zweiten Stock gegangen ist. Zu Tom. Einmal ohne Tablett, um ihn umzubringen, und einmal mit Tablett, um die Leiche zu entdecken. Ich bin mir ganz sicher! Warum kann der Dreckskerl nicht auch tot sein? Warum?!«

Georg Baumann hatte alle Mühe, die um sich schlagende Frau unter Kontrolle zu halten. Nach ein paar mehr Schlägen auf Baumanns Brustkorb wurden ihre Attacken jedoch langsamer, und sie begann zu weinen.

»Wenn es denn so war, Pe«, sprach Baumann nun mit ruhiger Stimme und hielt sie weiter fest umschlungen, »dann werden wir uns darum kümmern. Dann werden wir Beweise finden. Ich versprech es dir.«

»Das könnte euch so passen!«, rief Bettina dazwischen, die es allein in ihrem Zimmer nicht mehr ausgehalten hatte. »Gerald Legrand hat nun wirklich besseres zu tun, als sein Talent im Knast zu vergeuden.«

Leo schreckte auf. »Daphne in den Knast? Da haben sie mit Sicherheit den Falschen.« Er hatte aufgehört zu schwitzen und sah Baumann herausfordernd an. Dann holte er tief Luft und sagte: »Fernando hat die Morde begangen. Ich bin mir absolut sicher.«

Die Masken fallen

Nachdem Linn dem bewusstlosen Gerald Legrand einige Male vergeblich die Wange getätschelt hatte, kippte sie ihm ein Glas Wasser über das Gesicht, und er schlug die künstlichen Wimpern auf.

Leo Schmitz hatte ihm sogleich die Hand- und Fußfesseln abgenommen und kümmerte sich um die Wunde. Legrand schmerzte zwar der Kopf, doch es hätte weit schlimmer kommen können. Er hatte Pes Attacke überlebt.

Die Vorwürfe, Tom Boie erwürgt zu haben, wies er vehement von sich. Doch er gab den herumstehenden Baumann, Linn und Schmitz gegenüber zu, dass auch ihn weit mehr mit dem Toten verbunden hatte, als bislang angenommen. Tom und er seien ein Paar gewesen.

Ihre Liebe hatte schon vor Monaten begonnen. Als Vinzent Fischer es herausfand, war Legrand in die Rolle von Daphne geschlüpft, um sich vor dessen Schlägern zu retten. Tom hatte ihm die Stelle bei seiner Schwester in Spanien besorgt; hier sollte er einige Zeit bleiben und abwarten, bis Gras über die Sache gewachsen war. Da Vinzent Fischer unter krankhafter Eifersucht litt, war beiden klar, dass er sich schon sehr bald ein neues Feindbild schaffen würde. Und mit Fernando Calatrava-Schmitz war es denn auch schon bald so gekommen. Fischer war der festen Überzeugung, dass Calatrava ein Verhältnis mit Tom hatte, und sei es auch nur, um sich wegen der betrügerischen *Austridivine*-Kredite zu rächen, mit denen er, Fischer, den Weinhändler betrogen hatte.

Damit, dass Pe allerdings ausgerechnet jetzt ihrem Bruder und seinem Vinzent ihren vorgeblichen neuen Freund Schorse vorstellen wollte, hatten weder Gerald noch Tom gerechnet. Da Vinzent die Einladung direkt angenommen hatte, blieb Tom gar keine Chance mehr, ihm den Besuch im Hostal auszureden. Es hätte nur erneut Misstrauen geweckt. Und so führte Tom Vinzent Fischer ausgerechnet dorthin, wo sich Gerald alias Daphne vor ihm versteckt hielt: ins Hostal de las Rocas. Es war nur Gerald Legrands Schauspielkunst zu verdanken, dass Vinzent ihn nicht erkannte. Tom und ihm, so betonte Gerald, sei es mit ihrer Beziehung sehr ernst gewesen. Tom hatte nur noch etwas warten, sich dann aber von Vinz Fischer trennen wollen.

Pe Knaus saß während Legrands Ausführungen apathisch auf einem Stuhl. Ihre Beine hatte sie angewinkelt und wippte hin und her. Baumann beobachtete sie mit Sorge.

»Hoffentlich kommen die Bullen bald«, knirschte Bettina.

»Hoffentlich bringen die einen Psychologen mit«, murmelte Linn zurück.

»Oder eine Psychologin«, knurrte Bettina.

»Oder eine Psychologin«, murmelte Linn.

Dann hörten sie von draußen einen Schrei. Doch diesmal war es nicht ein Ausruf des Schreckens, sondern der Freude. Sie sahen sich ungläubig an. Noch einmal ertönte ein Schrei. Diesmal hörten sie deutlich, wie eine Männerstimme »Yiipiiieh!« schrie.

»Was war das denn?«, fragte Bettina.

Leo, der sich immer noch hingebungsvoll um die zum Mann mutierte Daphne kümmerte, sah vom Objekt seiner Pflege nur kurz auf. »Nando. Das ist Nando. Mein zukünftiger Ex-Mann, ich habe mich heute von ihm getrennt. Ich habe Ihnen ja gesagt, dass er nicht das Unschuldslamm ist, als das man ihn so gerne sieht. Er feiert wahrscheinlich gerade seinen Triumph über Fischer und Boie.«

»Oder über Sie«, stellte Georg Baumann nüchtern fest. »Ach, übrigens: Ich bin von der Polizei und weiß längst, dass er sich von

Ihnen getrennt hat. Also versuchen Sie hier erst gar nicht, eine andere Version der Geschichte zu erzählen.«

Leo Schmitz sah ihn betroffen an. »Wissen Sie was, ich gehe jetzt zu Nando und werde ihm gehörig den Marsch blasen. Seine Jubelschreie sind eine öffentliche Demütigung für mich! Das muss ich mir nicht bieten lassen!«

Damit stand er so abrupt auf, dass Daphnes Kopf, der bislang auf seinem Schoß geruht hatte, erneut unsanft auf den Boden prallte. Daphne schrie auf. Doch Leo Schmitz war schon auf halbem Weg aus der Küche.

Rosi Kremer hingegen kam im Laufschritt hereingerannt. Einen kurzen Moment sah Leo sie irritiert an, dann entschied er sich jedoch, dass die Zurechtweisung seines feiernden Ehemanns in jedem Falle wichtiger war als die abgehetzte Rosi. Diese trug noch immer ihren pinken Jogginganzug. Doch ihr Gesichtsausdruck ließ nichts von ihrer sonstigen Naivität erkennen. Im Gegenteil wirkte sie aufgelöst und durcheinander. »Haben Sie Madame Delling gesehen?«, fragte sie Baumann und blickte sich erstaunt um, als sie in der Küche all die Menschen erblickte.

»Warum sollten wir?«, erwiderte Baumann ihre Frage. »War sie nicht mit Ihnen auf dem Zimmer?«

Rosi Kremer schüttelte den burschikosen Kopf. »Eben nicht. Ich muss eingeschlafen sein. Ich bin von einem lauten Rufen wachgeworden. Aber Gertraud war nicht da.«

»Wo könnte sie denn hingegangen sein?«, versuchte Linn nachzuhaken.

»Das weiß ich eben nicht«, stammelte Rosi. »Wir haben uns heute Mittag noch versprochen, dass wir uns nie allein lassen. Sie wird doch nicht zum Strand runtergegangen sein?«

Georg Baumann sah sie irritiert an. »Warum sollte sie das denn getan haben? Draußen regnet es immer noch in Strömen.«

Linn und Bettina verdrehten fast synchron die Augen. Hoffentlich fing der Nixenquatsch nun nicht wieder von vorne an.

»So blöd, bei dem Wetter nach draußen zu gehen, wird sie ja

wohl nicht sein«, meinte Linn. »Heidenreich und ich gehen nach oben und suchen sie dort, schauen Sie sich mal hier unten um. Wir werden die Dame schon finden.«

»Pass auf dich auf, Lünn«, schluchzte Rosi. »Nicht dass euch auch noch was passiert.«

Linn stöhnte, unterließ es aber, gegen die Verhunzung ihres Namens erneut zu protestieren. Georg Baumann trat an die beiden heran und flüsterte ihnen zu: »Die Alte hat recht. Bleibt auf jeden Fall zusammen. Alles weist auf Fernando Calatrava-Schmitz hin. Und wenn das stimmt, ist der Typ ziemlich gefährlich.«

»Wie gut, dass ich noch nicht abgenommen habe«, antwortete Bettina. »Wenn er uns dumm kommt, werde ich mich einfach auf ihn draufsetzen. Das macht jeden platt.«

Linn zog die Barocke am Ärmel ins Treppenhaus. Sie hatte ein ungutes Gefühl bei der ganzen Sache. Was hatte es mit dem eben gehörten Jubelschrei auf sich? Drehte Calatrava-Schmitz nun durch? Und warum war Gertraud Delling plötzlich verschwunden? Das konnte nichts Gutes bedeuten.

Zügig lief sie die Treppen hoch. Im ersten Stock stand Leo Schmitz kopfschüttelnd im Flur, doch die beiden ließen sich von ihm nicht stören. »Lass uns im zweiten Stock beginnen. Dann arbeiten wir uns nach unten.«

»Okay«, keuchte Bettina und folgte Linn. »Wie gut, dass das Hotel nicht noch mehr Stockwerke hat.«

Linn ärgerte sich, dass sie vergessen hatten, einen Generalschlüssel für die Zimmer zu verlangen. Doch oben angekommen, war sofort klar, dass sie den nicht brauchen würden. Die Tür zum Nebenzimmer von Fischer und Boie stand weit offen. Gertraud Delling lag zwischen Farbeimern und Tapetenrollen am Boden.

»Baumann, wir haben sie! Komm schnell!«, rief Bettina mit sonorem Alt nach unten.

»Das ist ja Agatha Christie live«, stöhnte Linn. »Was geht hier bloß vor?«

Vorsichtig näherten sie sich der Diva, bemüht, keinen Eimer umzustoßen oder Spuren zu verwischen.

Gertraud Delling lag auf dem Rücken. Auf ihrer Stirn eine blutende Wunde. Vorsichtig fühlte Linn den Puls der alten Diva, und als Georg Baumann und die aufgelöste Rosi Kremer ins Zimmer stürmten, begrüßte sie sie mit einem einfachen: »Keine Panik. Sie ist nicht tot.«

»Gertraud!«, schrie Rosi. »Was ist mit ihr?«

Wieder tätschelte Linn also die geschminkte Wange einer Bewusstlosen. Sie hoffte, dass sich das nicht zu einer festen Gewohnheit auswuchs. Dann kam Gertraud Delling zu sich. Nach einer Sekunde dramatischen Erwachens und Orientierens fand sie ihre Sprache wieder.

»Ich dachte, es bringt mich um«, stöhnte sie.

»Es?«, fragte Baumann irritiert. »Was meinen Sie denn damit?«

»Ich weiß nicht, was es war. Es ging alles so schnell. Ich habe von draußen etwas gehört, darum habe ich mein Zimmer verlassen. Im Flur habe ich dann gerade noch einen Schatten gesehen, der hier in den zweiten Stock hinaufgegangen ist. Ich bin ihm nachgelaufen.«

»Einfach so? Na, Sie haben ja Nerven!« Bettina musterte die Diva interessiert. So etwas hätte sie ihr nie zugetraut.

»Als ich oben angekommen bin, sah ich, dass die Tür zu diesem Zimmer offen stand. Ich bin hineingegangen und dann war es plötzlich hinter mir. Ich hörte noch ein Fauchen, habe mich umgedreht – grüne Augen haben mich angefunkelt. Ja, und dann weiß ich nichts mehr. Aber was auch immer es war: Es war riesig! Bestimmt einen Kopf größer als ich.«

Linn fuhr sich durch die Haare. »Sie meinen also, Sie sind sich nicht sicher, ob es ein Mensch gewesen ist?«

Gertraud Delling zuckte mit den Schultern. »Ich weiß, es mag seltsam klingen. Aber genau das ist es. Sehen Sie nur den Farbfleck am Boden, da ist ein Fußabdruck!«

Tatsächlich lag ein Farbeimer umgekippt auf dem Boden, eine Lache weißer Farbe hatte sich ausgebreitet. Und darin waren eindeutig Spuren zu sehen.

»Das sieht nicht aus wie ein Fuß, der wäre ja immens«, kommentierte Bettina. Tatsächlich war der Abdruck mindestens doppelt so groß. Zudem waren weder eine Sohle noch Zehen zu erkennen. Eher ähnelten die Spuren dem Abdruck einer überdimensionierten Pranke mit Schwimmhäuten. »Was soll denn die Scheiße jetzt? Wohnen wir jetzt auch noch mit Yeti unter einem Dach?«

Rosi Kremer beugte sich ebenfalls über die Farbspuren. Als sie wieder hochsah, war sie kalkweiß. »Wisst ihr, was das ist?«

»Nicht schon wieder!«, stöhnte Bettina.

»Jetzt müsst ihr mir glauben! Alle, alle werdet ihr mir jetzt glauben!«

»Vielleicht die Abdrücke von Neptun?«, schlug Linn vor.

»Der nicht«, widersprach Bettina. »Die Superemanzen von Nixen würden ihr Reich doch nicht mit einem Meeresgott teilen. Da hätten sie ja ihre eigene Philosophie nicht verstanden!«

»Was oft genug vorkommt«, murmelte Linn, »gilt für fast alle Philosophen.« Diese ganze Nixengeschichte ging ihr ziemlich auf die Nerven. Nietzsche hatte seine eigene Philosophie zwar auch nicht verstanden, aber deswegen an die Existenz von Fabelwesen zu glauben, dafür war sie viel zu pragmatisch.

»Wo ist eigentlich Calatrava-Schmitz die ganze Zeit?«, fragte sie dann in die Runde. »Ich meine, er ist der Einzige, den wir seit heute morgen nicht mehr gesehen haben. Alle anderen waren in der Küche, als der Überfall auf Frau Delling geschah.«

»Wir verarzten sie jetzt erst einmal«, meinte Georg Baumann. »Und dann sollten wir nach diesem Calatrava sehen. Ich glaube, der wird uns etwas erklären müssen.«

Zimmer mit Ausblick

Fernando war nach dem Streit mit Leo ins Badezimmer gegangen und hatte sich das Gesicht gewaschen. Das Pochen in seinen Schläfen hatte aufgehört. Er merkte es deutlich: Er spürte – nichts mehr. Keinen Kopfschmerz. Kein Ziehen im Nacken. Die Beschwerden waren wie weggeblasen.

Lange betrachtete er sein Gesicht im Spiegel. Er hatte einen Dreitagebart, seine Haare hingen ihm strähnig ins Gesicht. Er hatte das Gefühl, sich schon lange nicht mehr bewusst angeschaut zu haben. Waren das tatsächlich Falten auf seiner Stirn? Mit dem Finger fuhr er darüber, doch die Furchen blieben. Seine Augenringe waren deutlich zu sehen. Und in seinem dunklen Schopf zeigten sich an den Schläfen bereits die ersten Silberfäden.

Entschlossen griff er nach Rasierschaum und Klinge und rasierte sich. Dann wusch er sich die Haare unter dem Wasserhahn und legte sich sogar für ein paar Minuten zwei Eiswürfel unter die Augen. Anschließend nahm er seinen besten Anzug aus dem Kleiderschrank, dazu ein weißes Hemd und seine edelsten Schuhe. Er wollte endlich wieder Mensch sein. Vinz Fischer und Tom Boie waren tot. Damit war er seine Schulden los. Von Leo hatte er sich getrennt. Er war frei.

Zufrieden betrachtete Fernando Calatrava – den Schmitz würde er von nun an weglassen – im Spiegel das Ergebnis. Er sah gut aus. Er war doch erst einundfünfzig, ein Mann in den besten Jahren. Er würde sich wieder verlieben. Er würde wegziehen aus Wattenscheid und noch einmal von vorne anfangen.

Etwas Neues, in einer neuen Stadt, mit neuen Menschen. Warum nicht mal Köln? Oder Hamburg? Oder New York? Sein Leben lag doch noch vor ihm. Warum es in der Provinz vergeuden? Zufrieden sah Fernando sein lächelndes Spiegelbild.

Er griff sich ein Bier aus der Minibar und ging auf den Balkon. Der Regen prasselte ihm ins Gesicht. Doch Fernando störte das wenig. Er trank genüsslich sein Bier und schaute auf das stürmische Meer hinaus. Breitete seine Arme weit aus und hielt sein Gesicht dem Regen entgegen. Ja, dachte er, dass ist Leben! Endlich spürte er sich wieder, endlich war er in der Gegenwart angekommen.

Er blickte nach unten auf die Felsen, wo die Wellen brachen. Der Anblick gefiel ihm. Ohnehin liebte er die Wildheit des Meeres an dieser Küste, das Archaische der Natur. Vielleicht würde er auch einfach direkt hier bleiben, in Spanien, der Heimat seines Vaters. Warum eigentlich nicht?

In seinem Innersten spürte er ein Kribbeln. Er atmete tief ein. Das war das Glück, dachte er. Zwei Menschen mussten in den letzten vierundzwanzig Stunden sterben, aber nun wusste er wieder, wie sich Glück anfühlte. Weder um Fischer, noch um Boie war es schade.

Er brüllte sein Glück hinaus in den Regen. Es war ein Jubelschrei. Ein Schrei des Lebens. Noch einmal wiederholte er aus tiefster Brust ein »Yiipiiieh!«, und er hatte das Gefühl, sich zum ersten Mal seit Monaten wieder wie ein Mensch zu fühlen.

Fernando Calatrava spürte nur einen kurzen Ruck, als ihn von hinten jemand packte und über das Geländer schleuderte. Es ging alles so schnell, dass auf seinem Gesicht immer noch der Ausdruck puren Glücks zu sehen war, als er auf den Klippen von Las Olvidadas aufschlug.

Fundstücke

Es war Leo, der Fernandos Leiche schließlich entdeckte. Sie hatten nach ihm gesucht, ihn jedoch weder in seinem Zimmer noch im Hotel finden können. Auf dem Balkon hatten sie erst später nachgesehen: Die Tür war fein säuberlich verriegelt gewesen.

Als Leo dann aber nach einiger Zeit auf den Balkon trat und nach unten schaute, wäre auch er fast hinuntergestürzt. Seinen zukünftigen Ex-Ehemann zerschmettert auf den Felsen wiederzufinden, damit hatte er nicht gerechnet.

Die Klippen hinunterzuklettern, war bei dem Wetter zu gefährlich. Doch mit dem Fernglas erkannte Georg Baumann deutliche weiße Farbspuren an Fernandos teurem Anzug. Weiße Farbe, wie die aus dem Zimmer oben. Und auch an der Balkontür waren weiße Spuren erkennbar.

Baumann sprach jedoch nur zu Bettina und Linn von dieser Entdeckung. Auch er glaubte nicht an einen Mörder aus dem Bereich des Übernatürlichen. Seine Irritation behielt er lieber für sich.

Drei Menschen waren in den letzten Stunden umgebracht worden. Linn konnte sich noch so sehr das Hirn zermartern, es ergab für sie alles einfach keinen Sinn. Was für ein Zusammenhang bestand zwischen Calatrava-Schmitz und den beiden anderen, dass der Mörder sie alle umbringen musste? Und was hatte es mit den ominösen Spuren auf sich?

Nachdem Bettina durchgesetzt hatte, dass Gerald Legrand ihnen trotz seiner Kopfverletzung wenigstens einen Imbiss organisierte – »ihr wollt mich alle nicht erleben, wenn ich hungrig bin!«, kommentierte sie –, hatten sich die übriggebliebenen Gäste des Hostals de las Rocas wieder zurückgezogen. Vorsorglich hatte Baumann dem Duo Kegel und Heidenreich ein Walkie-Talkie mitgegeben, so dass sie auch vom Zimmer aus mit ihm im Keller in Kontakt bleiben konnten. Er wollte sich weiterhin um die Überwachung des restlichen Hauses kümmern.

»Da haben wir Calatrava-Schmitz wohl ganz schön unrecht getan, dass wir ihn verdächtigt haben«, sinnierte Linn. Sie saßen beide auf ihrem mediterranen Queensize-Bett und aßen Manchego-Käse, Brot und Oliven.

»Wenigstens ist das ein sehr leckeres Krisengespräch, findest du nicht auch, Herr Kommissar?«, mampfte Bettina ins Walkie. Von Baumann war nur ein widerwilliges »Wie du meinst« zu hören.

»Lasst uns doch noch mal sortieren«, sagte Linn konzentriert. »Pe Knaus fällt als Verdächtige für den Mord an Calatrava-Schmitz weg. Genau wie Legrand. Die beiden waren zum Zeitpunkt seines Todes in der Küche.«

»Dasselbe gilt für dich und mich«, antwortete Baumann aus dem Walkie. »Wir kamen direkt vom Keller aus in die Küche. Leo Schmitz und auch du, Bettina, ihr seid erst später dazugekommen.«

Bettina verschluckte sich fast an einem Stück Brot. »Ach nee, Herr Kommissar: Du willst mir damit also sagen, dass ich den Kerl auch hätte umbringen können? Wenn du dich erinnerst, war ich auch in der Küche, als wir seinen Jubel gehört haben.«

Linn versuchte, cool zu bleiben.

»Bettina hat recht. Die einzigen, die nicht in der Küche waren, sind Rosi Kremer und Gertraud Delling. Beide könnten Calatrava umgebracht haben. Rosi, kurz bevor sie in die Küche gerannt kam. Und die Delling, bevor sie sich im zweiten Stock zwischen die Farbeimer hindrapierte.«

»Und die Wunde am Kopf?«, fragte Bettina. »Also nicht,

dass ihr mich falsch versteht. Ich bin total dafür, dass diese aufgetakelte Pseudo-Diva die Mörderin ist – aber trotzdem: Sie hatte eine ganz schöne Wunde an der Birne.«

»Kann sie sich auch selber zugefügt haben«, tönte es unter Kaugeräuschen aus dem Walkie. »Ebenso diese seltsamen Spuren auf dem Boden. Und diese Geschichte von dem Riesenmeerwesen mit den grünen Augen. Das klingt mir alles ein wenig zu bunt. Oder nach LSD.«

Linn verzog ihr Gesicht und dachte nach. »Es gibt noch jemanden, der Calatrava umgebracht haben könnte. Leo Schmitz hat nach dem Jubelschrei die Küche verlassen. Er hätte genügend Zeit gehabt, Calatrava vom Balkon zu stürzen. Wir anderen haben uns ja in der Zeit um Delling gekümmert.«

»Stimmt«, pflichtete Bettina zu. »Aber warum sollte er ihn umbringen?«

»Und warum sollten Delling oder Kremer ihn umbringen?«, fragte Baumann. »Wie es aussieht, hatte der Ehemann durchaus mehr Gründe als die beiden Spinnerinnen. Calatrava hatte sich kurz vorher von ihm getrennt. Die beiden Ladies haben Calatrava doch vorher noch nicht einmal gekannt.«

Linn kaute gerade an einem besonders dicken Stück Manchego, als sie plötzlich inne hielt.

»Was, wenn es gar keinen Grund gibt?«

Bettina sah sie verwirrt an. »Wie? Keinen Grund? Das wär ja das Allerletzte!«

Linn schüttelte den Kopf und kaute ihr Käsestück schnell zu Ende: »So meine ich das nicht. Natürlich gibt es einen Grund. Aber vielleicht nicht so, wie wir uns das vorstellen. Baumann, funktioniert dein Internet unten?«

»Internet funktioniert. Was willst du wissen?«

»Alles über Schönheits-OPs.«

Die Rache der Taugenixen

Es war zehn Uhr abends, als Georg Baumann sich auch noch den letzten Gästen des Hostals de las Rocas – Rosi Kremer und Gertraud Delling – gegenüber als Polizist geoutet und alle ins Bistro gebeten hatte. Bettina konnte sich ein sarkastisches »Gebt es doch zu, eigentlich wolltet ihr den Fall in der Bibliothek aufklären, aber ihr habt keine gefunden« in Richtung Linn und Baumann nicht verkneifen. Linn war vom Imbiss auf dem Bett wie von der Tarantel gestochen aufgesprungen und in den Keller gespurtet. Sie war nicht zu überreden gewesen, auch nur das Geringste ihrer Vermutungen mitzuteilen. Was Bettina diesmal nicht auf sich hatte sitzen lassen wollen. Also hatte sie sich noch ein großes Stück Käse gegriffen, dazu ein Brötchen, und war ihr in den Keller gefolgt. Doch was dann dort geschah, war für sie auch kein echter Fortschritt gewesen. Linn hatte im Netz recherchiert und das leiseste Nachfragen ihrer Freundin mit »Psst! Jetzt nicht!« kommentiert.

»Schon klar, ey«, hatte Bettina gebrummt, »du bist die Detektivin und ich langweile mich hier zu Tode.«

Im Bistro saß Gerald Legrand, diesmal in fescher Männerfreizeitkleidung und fast nicht geschminkt. Um den Kopf einen modisch bunten Turban, unter dem sich wohl ein einfacher Verband für seine Kopfverletzung verbarg. Ebenso fanden sich Rosi Kremer und Gertraud Delling ein, letztere ebenfalls mit einem Verband um die Stirn, allerdings versuchte sie ihn unter einem Hut mit besonders tiefer Krempe zu verbergen. Pe Knaus hatte ihren Schock über Daphnes Todesverweigerung offensichtlich noch nicht verwunden und saß apathisch an einem eigenen Tischchen. Genau wie Leo Schmitz, der in dunkler Witwertracht den Mord an seinem beinahe zukünftigen Exmann betrauerte. Bettina hockte sich an die Bar und überließ widerwillig Baumann und Linn die Show.

»Oh, Lünn, wie schön! Du machst eine Lesung, um uns abzulenken! Das ist aber eine tolle Idee«, strahlte Rosi.

Gertraud Delling tätschelte Rosis Knie. »Wohl kaum, meine Blume, wohl kaum. Das scheint mir etwas Dramatischeres zu werden als die Bücher von Frau Kegel.«

Linn zuckte mit den Schultern. »Sie müssen es ja wissen, Madame Delling. Mit Dramatik kennen Sie sich doch bestens aus. Tragen Sie Ihre Handschuhe eigentlich immer?«

Gertraud Delling sah erstaunt hoch. »Selbstverständlich. Wie ich Ihnen schon sagte, habe ich sehr empfindliche Haut.«

Linn erwiderte ihren Blick. »Wirklich, Frau Delling? Vor ein paar Jahren war das offensichtlich noch ganz anders, da waren sie nie mit Handschuhen zu sehen. Wollen Sie uns nicht erzählen, warum?«

Gertraud Delling stöhnte laut auf. »Das ist meine Privatangelegenheit und geht Sie alle gar nichts an!«

Doch Linn ließ nicht locker. »Und ob uns das was angeht! Wir sitzen hier mit drei Leichen fest – und ich weiß, dass Sie etwas damit zu tun haben.« Mit einem blitzschnellen Griff zog Linn der Diva einen Handschuh aus. Zum Vorschein kam eine vernarbte Hand, unter deren Nägeln eindeutige Reste von weißer Farbe zu sehen waren.

»Wie können Sie es wagen!«, schrie Gertraud Delling auf. »Geben Sie mir sofort meinen Handschuh zurück!«

Doch Linn dachte gar nicht daran. »Wir sind zwar vom Festland abgeschnitten, aber Kommissar Baumanns Computerstation im Keller funktioniert tadellos. Es war noch nicht mal besonders viel Arbeit, die Verbindung zwischen Ihnen und Tom Boie rauszufinden.«

»Was?!«, schrie Pe Knaus auf. Plötzlich schien sie aus ihrer Lethargie erwacht. »Hat sie etwa meinen Bruder ermordet?« Georg Baumann hatte alle Mühe, die Hotelbesitzerin auf dem Stuhl zu halten.

»Sie ist die Mörderin von meinem Tom?«, rief Gerald erstaunt.

»Wollen Sie uns nicht selber erzählen, wie es zu diesen Narben gekommen ist, Frau Delling?«, fragte Linn.

Doch die Dame zuckte nur mit den Schultern. »Wenn Sie so klug sind, dann erzählen Sie das doch, Sie Besserwisserin.«

»Das ist ja wirklich wie bei Edgar Wallace und Agatha Christie«, stöhnte Bettina. »Oder wie bei *Germany's Next Topmodel*. Da dauert es auch ewig. Sag uns jetzt endlich, wer in die nächste Runde kommt, Linn!«

Über diesen Vergleich hätte Linn normalerweise schallend gelacht, doch dazu war die Situation zu ernst. »Ihre Narben verdanken Sie Tom Boie. Nicht wahr? Sie waren vor ein paar Jahren in dem Schönheitssalon, in dem Boie damals gearbeitet hat, um sich Ihre Altersflecken weglasern zu lassen – doch Sie haben ihm nicht gesagt, dass Sie die Hände selber intensiv mit Bleichmittel behandeln. Dumm gelaufen. Das fand auch das Gericht und hat Ihre Klage abgewiesen.«

»Stimmt das, Liebelein?«, fragte Rosi erschüttert und tätschelte ihrer Partnerin den Arm, der jedoch abrupt zurückgezogen wurde.

»Jetzt hör doch mal auf damit!«, fauchte Delling. »Ich war einmal Model, ja auch ein Handmodel, bevor ich in die Schauspielerei ging. Tom Boie, dieser Dilettant, hat alles zerstört. Ja, ich habe ihm vor der Behandlung einen Wisch unterzeichnet, dass ich über Risiken Bescheid weiß und für die nächsten Wochen auf Bleichmittel und dergleichen verzichte, aber wer rechnet denn auch mit so etwas! Dass ich ihn ermordet habe, können Sie mir aber nicht beweisen. Und überhaupt: Frau Knaus hat gesehen, wie das Zimmermädchen in Boies Zimmer gegangen ist.«

»Aha. Woher wissen Sie das denn?«, fragte Linn zurück. »Und hat sie das wirklich? Oder hat sie nicht eher jemanden gesehen, der aussah wie Daphne – zumal nur von hinten. Sehr clever, dass Sie sich verkleidet haben wir er.«

»Ach, papperlapapp«, zischte die alte Diva. »Sie können mir gar nichts beweisen.«

»Da machen Sie sich mal keine Sorgen, das wird die Spurensicherung für uns übernehmen«, assistierte nun Baumann. »Ob mit oder ohne Handschuhe: Am Schal, mit dem Tom Boie ermordet wurde, werden kleinste Partikelchen feststellbar sein. Und die weißen Farbreste bringen Sie direkt mit dem Mord an Fernando Calatrava in Verbindung. Wie ist das abgelaufen? Hat er Sie dabei erwischt, wie Sie Neptuns Spuren aufs Parkett in der zweiten Etage geschmiert haben?«

»Die alte Diva hat Nando umgebracht?«, rief Schmitz entsetzt. »Aber warum denn?«

»Rosi sah ihre Lebensgefährtin mit weit aufgerissenen Augen an: »Liebelein, jetzt sag doch was! Sag, dass es das Ungeheuer mit den grünen Augen war!«

»Ach, nun hör doch auf mit deinen Märchen, Rosi«, gab Delling entnervt zurück. »Das glaubst du doch selber nicht. Ja, Neptuns Spuren stammen von mir! Ich gebe es zu, die Geschichte war etwas gewagt. Aber ich wollte den Verdacht ablenken von den Leuten im Hostal und damit auch von mir. Eigentlich wollte ich diesen Boie schon vor Tagen auf der Klippe erstechen. Aber immer kam mir diese Daphne in die Quere.«

»Was soll das denn heißen?« Bettina verstand gerade gar nichts mehr. Sie hatte das dringliche Gefühl, dieses Theater ohne Essen nicht länger aushalten zu können, und griff sich ein Glas mit Oliven, das hinter dem Tresen stand. Gleich mehrere zugleich verschwanden in ihrem Mund.

»Sie haben auf der Klippe auf ihn gewartet?«, rief Gerald

Legrand geschockt. »Dort haben Tom und ich uns jede Nacht getroffen. Irgendwo mussten wir uns ja sehen! Wir hätten es sonst gar nicht ausgehalten.«

»Ach, und das nennen Sie *einander sehen?*«, fragte Delling süffisant.

»Sie sind eine Spannerin, das sind Sie!«, rief Gerald.

»Jetzt hört aber alle mal auf«, ging Linn dazwischen. »Erzählen Sie lieber, was mit Calatrava passiert ist.«

Gertraud Delling lehnte sich in ihrem Sessel zurück. »Ich war gerade dabei, die weißen Spuren zu legen, den Schlüssel für die Zimmer oben hatte ich mir heute früh schon für meinen Auftritt als Zimmermädchen besorgt, als ich diesen Jubelschrei gehört habe. Ja: Jubeln! Das können diese Männer, egal, was um sie herum passiert! Mit dieser ganzen männlichen Arroganz, mit der sie ohnehin durchs Leben gehen. Selbstzweifel? Aber nicht für fünf Sekunden! Wissen Sie, was für eine Karriere ich mit meinem Talent gemacht hätte, wenn ich ein Mann gewesen wäre? Ich habe dieses aufgeplusterte Alles-dreht-sich-nur-um-mich-Gehabe dieser Kerle so satt.«

»Die alte Rampensau hat sie doch nicht mehr alle«, murmelte Bettina. Mit einem erneuten Griff hinter die Bar hatte sie sich auch noch eine Flasche Martini geangelt, aus der sie nun einen extra großen Schluck nahm, und dann noch ein paar.

Doch Madame Delling ließ sich von dem Zwischenkommentar nicht weiter stören. »Es hat mich so dermaßen wütend gemacht, dass ich runter in sein Zimmer gerannt bin – da stand er, dieser Calatrava, direkt vor dem Balkongeländer. Und schwups, war er auch schon drüber hinweg. Es war ganz einfach. Ich gehe schließlich seit über vierzig Jahren zweimal in der Woche ins Fitnessstudio. Und schade um ihn war es nun wirklich nicht.«

»Sie haben Nando umgebracht? Einfach so?«, schrie der glatzköpfige Witwer und tupfte sich hektisch den Schweiß von der Stirn. »Ohne Grund?! Weil er ein Mann war?! Wie krank muss man denn sein? Das ist Mord aus Sexismus! Nichts weiter!«

Gertraud Delling zuckte nur mit den Schultern. »Na und? Was passiert uns Frauen denn jeden Tag, nur weil wir Frauen sind? Und er wollte Sie doch sowieso verlassen, wie ich gehört habe. Sie sollten mir also dankbar sein.«

»Krank sind Sie«, schrie Schmitz. »*Krank!* Ich hoffe, Sie werden in der Klapse verrotten!«

»Ob Klapse oder Gefängnis, wird das Gericht entscheiden«, unterbrach ihn Georg Baumann und stellte sich demonstrativ zwischen die Plätze von Schmitz und Delling. »Und nachdem Sie Calatrava vom Balkon gestoßen haben, sind Sie zurück nach oben und haben sich selbst verletzt, nicht wahr?« Er sah die alte Schauspielerin durchdringend an.

»Wusste ich's doch«, murmelte Bettina und trank weiter aus der Martini-Flasche. Das fiel auch Linn auf. Fehlt nur noch das Popcorn, dachte sie mit Blick auf ihre Freundin, die es sich ganz offensichtlich an der Bar gemütlich machte.

»Gertraud! Wie konntest du nur?«, schrie Rosi auf, doch Delling drehte sich mit einer abwertenden Handbewegung von ihr weg. »Das ist Karma, ganz, ganz schlechtes Karma. Drei Morde! Liebelein, das ist ja furchtbar, auch wenn es nur Männer getroffen hat!«

»Da haben Sie ausnahmsweise mal recht, Frau Kremer«, fuhr Baumann fort. »Gertraud Delling, ich verhafte Sie hiermit wegen dreifachen Mordes.«

»Nicht so schnell, Herr Kommissar, ganz so viele waren es dann doch nicht«, unterbrach ihn Linn trocken. Alle Augenpaare wendeten sich erstaunt ihr zu.

»Was soll das?«, fragte Baumann. »Halt dich da jetzt raus, Linn, und lass den Profi machen.«

»Oho, den Profi«, kicherte Bettina mampfend von der Bar. Das Glas Oliven war schon fast leer.

»Sie meinen doch wohl nicht …«, stieß Pe fassungslos hervor.

»Vorhang auf zum letzten Akt«, rief Bettina und gönnte sich

nochmals einen großen Schluck, um die Olivenreste runterzuspülen.

»Doch«, antworte Linn auf Pes angefangene Frage. »Genau das meine ich: Wir haben es mit zwei Mördern zu tun. Gertraud Delling hat Tom Boie und Fernando Calatrava umgebracht. Aber Vinz Fischer hat sie nicht ermordet.«

»Was?«, rief nun Gerald Legrand. »Wer soll es denn sonst gewesen sein?

»Damit hätte das Hostal ja fast eine höhere Mörderquote als die CDU Frauen im Bundestag«, lachte Bettina und setzte die nur noch halb volle Flasche knallend auf dem Tresen ab.

»Dass neben Vinzent Fischer auch Tom Boie umgebracht werden sollte, gehörte zum Plan. Exakt dafür wurde Gertraud Delling hierhin eingeladen und sie hat die Gelegenheit genutzt. Damit war zu rechnen. Dass sie aber auch gleich noch Fernando Calatrava umbringt – davon konnte unser Mörder bei seiner Planung nicht ausgehen. Der Mord war ja auch denkbar spontan. Aber wie praktisch: Wer würde denn schon bei einer zweifachen Mörderin noch den ersten Mord hinterfragen.«

»Sie ist doch gar nicht so dumm, die Frau Autorin«, nickte Gertraud Delling nun anerkennend und prostete ihr mit einem kleinen perlmuttbesetzten Flachmann zu, den sie offensichtlich in ihrer Clutch versteckt hatte.

»Den Mord an Vinzent Fischer hat jemand anderes auf dem Gewissen«, und mit einer eleganten Bewegung drehte Linn sich um. »Nämlich du, Kommissar Baumann.«

Baumann fing laut an zu lachen.

»Jetzt übertreib es mal nicht mit deinem Detektivspielen, Linn. Ich bin die Polizei. Wir bringen keine Leute um, wir bringen sie in den Knast. Und schon gar nicht warten wir mit einem Kerzenleuchter auf sie, um sie zu erschlagen. Das schreit doch förmlich nach einer Schauspielerin als Täterin! So, und jetzt geht alle wieder in eure Zimmer. Ich kümmere mich um unsere wahre Mörderin, um Frau Delling.«

»Oh, ich glaub dir das sogar, dass du Vinzent Fischer gerne in den Knast gebracht hättest. Aber es hat ja leider nicht geklappt. Das muss furchtbar frustrierend für dich gewesen sein. Und dann hast du Pe kennengelernt und hast deine Chance gewittert.«

»Ach, jetzt soll ich an allem schuld sein?«, stöhnte die Hotelbesitzerin auf.

»Als du herausgefunden hast, dass Pe Knaus Tom Boies Schwester ist, hast du sie kontaktiert und dafür gesorgt, dass Fischer und Boie ins Hostal de las Rocas kommen. Das hast du mir selber erzählt: Fischer sollte schließlich seinen neuen Schwager kennenlernen. Aber das hast du nicht getan, um ihn zu beschatten, sondern um ihn um die Ecke zu bringen. Und wie praktisch: Dir ist es auch noch gelungen, ein paar Opfer von Vinzent Fischer hier zu versammeln, die allesamt verdächtiger sein würden als du. Hast du uns nicht selber darauf gebracht, dass Calatrava-Schmitz bei Fischer Schulden hatte? Ich wette, den ominösen Zettel, den man dir unter der Zimmertür durchgeschoben haben soll, hast du selber geschrieben! Es war bestimmt nicht schwer, auf diese *Austridivine*-Sache zu kommen. Aber mit dem Aufdecken der Verbindung zwischen Gertraud Delling und Tom Boie ist dir ein echter Coup gelungen. Du hast sofort geschnallt, wie explosiv es sein würde, die beiden zusammenzubringen – ideal, um der überdrehten Diva auch noch den Mord an Fischer in die Schuhe zu schieben. Und wie praktisch, dass sie und ihre Frau vor einem Jahr schon einmal Urlaub im Hostal gemacht haben und voll auf diesen Nixenkult hier abfahren! Dann war da noch die schöne Köchin, die sich vor Fischer verstecken musste und auch noch eine Liebesbeziehung zu dessen Lover hatte. Ja, sogar die Hostal-Besitzerin hätte allen Grund gehabt, diesen Fischer umzubringen, so wie er ihren Bruder behandelte. Ein Setting wie ein Geschenk!« Linn musterte die Runde mit einem durchdringenden Blick, ehe sie fortfuhr: »Und dann kamen noch zwei schrullige Unbeteiligte aus Köln dazu, eine davon praktischerweise auch noch Krimiautorin. Die könntest du schön hinters Licht führen – und die würde sich dabei auch noch geschmeichelt fühlen. Dein Hinweis, dass du noch nicht zu einer möglichen Verbindung zwischen Gertraud Delling und Tom Boie recherchiert hast, war mehr als ein Wink mit dem Zaunpfahl. War doch so, oder?«

Baumann stürzte auf Linn zu und griff sie grob an den Schultern. »Nun mal langsam, du blöde Fotze, sonst bekommst du eine Klage wegen Verleumdung an den Hals.« Doch er hatte keine Chance. Er merkte noch nicht einmal, wie Linns Knie blitzschnell hochschnellte und ihn mit Wucht an seiner empfindlichsten Stelle traf. Er wunderte sich nur, dass er plötzlich auf dem Boden lag, und dann durchfuhr ihn auch schon dieser fürchterliche Schmerz.

»Na, Herr Kommissar, möchtest du mich noch mal eine Fotze nennen, oder willst du deinen zweiten Hoden dann doch lieber behalten?«, fragte Linn und beugte sich über den Angreifer. Bettina war von der Bar aufgesprungen, die Martiniflasche hatte sie reflexartig wie eine Keule am Flaschenhals gegriffen. Sie schwankte sichtlich. »Gib mal deinen Turban her, Legrand«, wies sie an. »Mit dem Tuch fesseln wir jetzt den Herrn Kommissar. Nicht dass der noch auf dumme Ideen kommt.«

Ohne Widerworte zog sich Legrand das Tuch vom Kopf, und in der Tat kam darunter sein Verband zum Vorschein. »Aber nur, weil ich mit Ihrer Agentur zusammenarbeiten will«, erklärte er.

Mit vereinten Kräften fesselten sie Baumann, der langsam aus seiner Schmerzlähmung wieder zu sich kam.

»Und warum haben Sie nun den Fischer ermordet? Sagen Sie schon!«, wollte Rosi wissen und trat dem großen Mann am Boden gegen das Schienbein.

Georg Baumann verzog angewidert das Gesicht. »Verdammt noch mal, ihr habt doch alle keine Ahnung!«

»Darum frage ich Sie doch«, gab Rosi spitz zurück.

»Ihr wisst alle nicht, wie es bei der Polizei seit einigen Jahren zu- und hergeht: Überall Stellenkürzungen, Nachwuchsprobleme – und gleichzeitig einen Haufen Aufgaben für die, die sich noch nicht haben frühpensionieren lassen. Es gibt immer mehr Neonazis in Deutschland – und Leute, ich kann euch sagen: Das sind keine harmlosen Zeitgenossen. Die meinen es verdammt ernst. Als Polizei können wir die gar nicht alle im Blick behalten, darum sind wir auf V-Leute angewiesen.«

»Was?«, stieß Witwer Schmitz aus. »Sagen Sie nicht: Vinzent Fischer war ein V-Mann!«

Baumann verzog den Mund. »Und was für einer! Vinzent Fischer war nicht nur selber ein V-Mann, er hat mir auch mehrere weitere V-Männer vermittelt, die ich dann für die Polizei und einmal sogar für den BND angeworben habe. Als ich gemerkt habe, dass mich der Typ die ganze Zeit verarscht und mit seinen V-Leuten unter einer Decke steckt, war es zu spät. Da hatte sein Netzwerk schon unsere Polizei infiltriert und er hatte mich in der Hand. Erklären Sie mal dem BND, warum Sie eine ganze in sich zusammenhängende Zelle von Kriminellen als V-Leute angeworben haben ... Das wäre das Ende meiner Karriere gewesen. Dieses Arschloch! Als ich ihn damit konfrontiert habe, hat er nur gelacht. Aber das Lachen ist ihm inzwischen vergangen. Verstehen Sie nicht? Das war ein Akt der Selbstverteidigung unserer Sicherheitsbehörden! Davon profitieren am Ende Sie alle!«

»Na denn Prost!«, rief Bettina von der Bar und griff nach einer neuen Flasche Martini. »Darauf tringg'isch gern noch einen!«

»Und wie haben Sie es geschafft, Fischer in der Nacht ins Bistro zu locken – so betrunken, wie der am Abend vorher war?«, fragte Gerald.

Baumann verdrehte die Augen. »Ich habe den Wichser nach oben in sein Zimmer gebracht und ihm gesagt, dass ich ihn um Viertel vor drei unten im Bistro erwarte. Er dachte ja schließlich immer noch, dass er als V-Mann für mich arbeitet. Deshalb kam er, betrunken oder nicht, fast pünktlich auf die Minute. Und jetzt binden Sie mich los. Wir müssen die Kollegen auf dem Festland informieren, sonst kommen wir hier gar nicht mehr raus.«

»Das lass mal meine Sorge sein, Baumann«, antwortete Linn.

»Vielleicht hat er recht«, sagte Gerald Legrand mit leichtem Zögern. »Wenn uns nicht bald jemand rettet, kommen wir hier nicht weg und sitzen weiter mit den Leichen und den zwei Irren hier fest.«

»Wen genau meinen Sie jetzt mit Irren«, fragte Rosi zur allgemeinen Verwunderung.

»Nein, Legrand, keiner rührt ihn an«, befahl Linn. »Die Polizei ist schon auf dem Weg.«

»Was? Du hast mit der Polizei gesprochen?« Baumann starrte sie fassungslos an. »Ich hatte dir doch gesagt, dass ich mit denen in Kontakt stehe!«

Linn zuckte nur mit den Schultern. »Und da meinst du im Ernst, ich glaube dir das, wo ich doch weiß, dass du Vinzent Fischer umgebracht hast? Die Polizei in Bilbao war auch ganz überrascht. Die wussten nämlich gar nicht, dass momentan Leute im Las Rocas sind. Irgendjemand hat ihnen während des Sturms Bescheid gegeben, dass sich alle Hotelgäste noch rechtzeitig aufs Festland haben retten können ... Ein verrückter Zufall, nicht wahr? Wer das wohl gewesen ist?«

»Du verdammte blöde Kuh«, brüllte Baumann nun wütend und versuchte vergeblich, seine Fesseln zu lösen. »Wenn du nicht gewesen wärst, hätte mein Plan wunderbar funktioniert. Ich bin ein guter Polizist! Ich hätte das noch weiter sein können! Stattdessen bringst du alles durcheinander.«

»Ja, dasch kann schie gut«, lallte Bettina. »Und wissen Schie, wasch dasch Schlimmste is: Wir können alle sssicher sein, dasch wir im neuen Buch von Linn Kegel landen. Ob wir wollen – oder nich.«

»Das finde ich aber ganz toll, Lünn«, rief Rosi Kremer begeistert aus. »Dann werden die Nixen von Las Rocas ja doch noch berühmt und bekommen die Ehre, die ihnen gebührt. Das ist doch zumindest ein Trost. Findest du nicht auch, Liebelein?«

»Ach, halt doch den Schnabel«, murmelte Gertraud Delling.

»Ich hätt's nicht besser sagen können«, ergänzte Linn.

»Wenn dasch hier vorbei is«, stieß Bettina hervor und rülpste sonor, »muss ich erstmal ne Runde taugenixen. Prosit!«

Der Tod steht ihr gut

Linn Kegel zog ihren rechten Mundwinkel angespannt nach oben. Das tat sie immer, wenn sie angestrengt nachdachte. Und in der letzten Zeit dachte sie eigentlich nur noch angestrengt nach. Eigentlich hatte sie mit ihrer Freundin Bettina Heidenreich entspannt in Urlaub fahren wollen. Irgendwo in ein nettes kleines Hotel in Spanien, mit Halbpension und dem Meer vor der Tür. So war's geplant gewesen, doch der Urlaub war geplatzt. Ihre finanzielle Lage sah mal wieder gar nicht gut aus, sie musste dringend ein neues Buch schreiben. Blöderweise war die französische Ausgabe von *Schöner morden* kurzfristig geplatzt, und die italienische lief erstaunlich schlecht, da die Italiener ihren Witz offensichtlich nicht verstanden. Dazu kam, dass die Arbeit in der Agentur der neuen Geschäftsführerin Heidenreich auch mehr und mehr über den Kopf stieg. Sie hatten den Urlaub also wieder abgesagt. Was sollte es auch bringen, wenn sie zusammen nach Spanien fuhren und sich dann beide nur ärgerten, weil sie wussten, wie viel Arbeit zu Hause auf sie wartete.

Also hatte Linn einen Krimi geschrieben, der im Urlaub spielte – und hatte sich und Bettina kurzerhand zu Hauptfiguren gemacht. Aber wollte sie das: eine Krimifigur werden? Wobei sie den running Gag mit Rosis ewigem »Lünn« echt gut fand. Und biografische Fiction verkaufte sich aktuell gerade gut, Simon Strauß, der Sohn von Botho, machte es doch vor.

»Literatur ist immer mehr als das Leben.« Von wem war dieses Zitat noch mal? Irgendeine Literaturwissenschaftlerin, es lag ihr auf der Zunge. Rohner? Jedenfalls hatte sie ganz recht mit der Erkenntnis: Selbst wenn sich Linn hier selber zu einer Figur machte, sie wäre damit nicht die Realität, sondern viel mehr: Konstrukt, Witz, Intermedialität. Aber was würde Bettina sagen, wenn sie die ganzen Dicken-Witze las? Vielleicht sollte sie die Namen doch noch mal ändern und aus Linn Kegel »Loretta Coppelia« machen, wie beim letzten Mal. Dann könnte sie »Taugenixen« – so sollte ihr neues Buch heißen – auch mit dem Zusatz versehen: »Loretta Coppelias zweiter Fall«. Das war doch gar nicht schlecht. Loretta Coppelia verkaufte sich auch gut.

Der Hunger trieb Linn aus ihrem schäbigen WG-Zimmer in die Küche. Ihre Mitbewohnerin Jenny Siefert hatte schon wieder nicht abgewaschen. In der Spüle türmte sich das Geschirr. Oder war sie das selber gewesen? Wann hatte sie denn eigentlich zum letzten Mal etwas gegessen? Oder aufgeräumt? Die letzten Tage hatte sie mehr oder weniger durchgeschrieben. Und wie spät war es eigentlich? Draußen war es dämmrig, doch sie wusste nicht, ob die Sonne auf- oder gerade unterging. Wann nur würde sie es schaffen, ihrem Leben wieder einmal Struktur zu geben? Linn nahm sich einen einigermaßen sauberen Teller. Zur Sicherheit wischte sie mit dem Ärmel ihres löchrigen Sweatshirts kurz drüber. Waschen müsste sie auch mal wieder. Sie griff sich das letzte gespülte Messer und belegte sich eine dicke Scheibe Brot mit Käse. Zum Glück gab es noch guten Appenzeller im Kühlschrank. Als sie vor ein paar Wochen zum letzten Mal in der Schweiz war, hatte sie sich mehrere Packungen mitgebracht.

Gierig biss sie ins Brot.

Fiktion war wirklich eine interessante Sache. Für den Namen »Loretta Coppelia« hatte sie sich beim letzten Buch entschieden, weil dies der Name einer real existierenden, sehr talentierten Autorin war, die ebenfalls bei ihrem Verlag veröffentlichen wollte – und es inzwischen auch ziemlich erfolgreich tat. Linn hatte die Idee damals witzig gefunden, Coppelia zu einer Romanfigur zu machen. Und tatsächlich war es dem Verkauf nicht abträglich gewesen. Coppelia hatte es wohl mit Fassung getragen, was blieb ihr auch anderes übrig.

Trotzdem war Linn, als *Schöner morden* erschienen war, in Interviews oft gefragt worden, ob die Geschichte um Loretta Coppelia und die Künstleragentur *Faces & Voices* nicht doch einfach autobiografisch sei und sich hinter Coppelia nicht eher Linn selber verbarg. Immer wieder hatte sie erklärt, dass ein Roman niemals das Leben abbilde, sondern er vielmehr als Ergebnis eines kreativen Prozesses verstanden werden müsse. Da sie den Roman geschrieben habe, sei es zudem Unsinn, sie ausschließlich mit der Hauptfigur identifizieren zu wollen. Genauso sei sie das skrupellose Mordopfer oder auch der Tenor, der sich durch die Ballettgarderoben der deutschen Opernhäuser vögelte, das senegalesische Model oder das naive Starlett. Alles sei ihre Phantasie, aber nichts davon sei als Abbild ihres eigenen privaten Ichs zu verstehen. Nichts davon beruhe auf realem Erleben.

Aber die Presse wollte das nicht verstehen. Komplexität verkaufte sich eben nicht so gut.

Linn verschlang hungrig ihr Käsebrot. Ja, wenn sie ihrer Hauptfigur dieses Mal auch noch ihren echten Namen gab, würde sie diese autobiografische Lesart vollends ad absurdum führen. Ha! Linn Kegel schrieb über Linn Kegel und schickte sie auf Mörderjagd nach Nordspanien! Das würde ein riesiger Spaß werden. Sie freute sich schon auf ihr erstes Interview.

Sie schob sich das letzte, etwas zu große Stück Appenzeller in den Mund und lachte. Lachte über die Vorstellung, wie sie im Fernsehen über ihren Urlaub auf dem Acantilado de las Olvidadas, der Klippe der Vergessenen, ausgefragt würde, nach ihrem Sonnenbrand und ihren persönlichen Erlebnissen mit Nixen und Wasserwesen. Dabei war das alles frei ausgedacht, sie war nie in der Region gewesen, die Klippe und die Sage waren pure Erfindung – und an Übersinnliches glaubte sie schon gar nicht. Sie lachte laut, verschluckte sich dabei, fing an zu husten. Trotzdem konnte sie nicht aufhören zu lachen, lachte weiter und weiter.

Tränen liefen ihr über das Gesicht, es war ein regelrechter Lachkrampf. Sie lief rot an, doch sie lachte immer weiter.

Und an ihrem Lachen erstickte sie.

The End

Loretta Coppelia grinste breit, als sie »The End« in die Tastatur tippte und dann auf »Speichern« drückte. Mit dem letzten Satz war ihr sogar noch ein astreines Hedwig Dohm-Zitat gelungen! Genau mit diesem Satz endete auch Dohms letzter Text »Auf dem Sterbebett« von 1919. Ha! Ihre Kollegin Linn Kegel würde das bestimmt direkt erkennen. Bei Linn Kegel war ja schließlich gefühlt jeder zweite Satz ein Zitat oder eine intertextuelle Anspielung. Sie fand das völlig übertrieben – und so klugscheißerisch.

Loretta konnte es kaum erwarten, wie Linn auf ihr neues Buch reagieren würde. Das sie nun einen Krimi mit Linn Kegel als Hauptfigur veröffentlichen wollte, war ihre persönliche Rache für Kegels blöden Bestseller *Schöner morden* mit einer Protagonistin namens »Loretta Coppelia«. Die würde Augen machen!

Loretta reckte sich genüsslich. Die Katze auf ihrem Schoß fand das gar nicht gut und protestierte lautstark. »Ach, Shanti, ich habe gleich wieder Zeit für dich«, redete Loretta beruhigend auf den kleinen Tiger ein. Sie streichelte sie sanft und die Katze entspannte sich bereitwillig wieder. »Ich musste nur mal eben Linn Kegel umbringen. Jetzt geht's mir wieder gut.«

THE END

Oder?

Inhalt

Starring 5

Prolog 9

Die Klippe der Vergessenen 12

Zimmerchenbezug 21

Kopfzerbrechen 23

Unter der Sonne 27

Küchengespräche 33

Böses Erwachen I 36

Ego-Streichelei 41

Dinner Time 43

Schattenspiele 61

Böses Erwachen II 62

Frühstücks(geschr)ei 70

Wahrheiten und andere Lügen 77

Im Hostal der Vergessenen 85

Männer sind auch nur Männer 91

Three and a half women 95

Im Keller 99
Sensibilitäten 104
Zimmer mit Einblick 106
Mordsverdächtigungen 108
Die Masken fallen 111
Zimmer mit Ausblick 117
Fundstücke 119
Die Rache der Taugenixen 122
Der Tod steht ihr gut 134
The End 138

ISABEL ROHNER

Nach ihrem Krimidebüt mit »Schöner morden« (HELMER, 2019) legt Isabel Rohner nun Linn Kegels neuen Fall vor – für Menschen, die sich beim Lesen gern amüsieren und über die ein oder andere literarische Anspielung kichern. Schließlich ist Rohner promovierte Germanistin. Die gebürtige Schweizerin liebt kreative Vielfalt. Neben ihren Romanen konzipiert sie Sachbücher wie »100 Jahre Frauenwahlrecht« (HELMER, 2017) und »50 Jahre Frauenstimmrecht« in der Schweiz (LIMMAT 2020) und steht oft als Teil des »Hedwig Dohm Trios« auf der Bühne, um die brillante feministische Pionierin neu zum Leben zu erwecken. Auch als Mitherausgeberin von Hedwig Dohms Gesamtwerk und Expertin für die Geschichte der Frauenbewegungen hat Isabel Rohner sich einen Namen gemacht, zudem Dohms Biografie (»Spuren ins Jetzt«, HELMER) veröffentlicht und zwei Bände mit Zitaten berühmter Frauen vorgelegt. Als Co-Host des wöchentlichen Podcasts »Die Podcastin« kommentiert sie zudem das aktuelle Zeitgeschehen. *© Foto: Gordon Welters*

Isabel Rohner

SCHÖNER MORDEN

ISBN 978-3-89741-433-4

»Die wirklich netten Leute werden nicht umgebracht.«
Kommissar Bucher

Autorin Linn Kegel steht unter Druck. Sie soll ihrem Verleger einen feministischen Krimibestseller liefern – und zwar subito! Ausgerechnet da winkt für sie ein Hilfsjob bei der Kölner Künstleragentur *Ars Artis*. Dort kam eine Kollegin zu Tode – und es war kein natürlicher. Nun steht der ganze schräge Laden unter Verdacht. Linn aber braucht Geld, also rauft sie sich ihre Laurie-Penny-Frisur und zieht in die Welt des schönen Scheins, wo skurrile Begegnungen auf sie warten.

Linn Kegels erster Fall …